안녕, 나의 작은 테이블이여

안녕, 나의 작은 테이블이여

김이듬 지음

1부 /

책방에서 나의 방을 생각하다

2부 /

그녀의 입술은 따스하고 당신의 것은 차거든

3부
/

얼마나 오래 기다려야 화해하는 밤이

1부 /

책방에서
나의 방을 생각하다

안녕?

색도 향기도 없이 지나간 날들이여, 안녕.

오늘은 내 남은 생의 첫날.

단 한 번의 눈빛을 위해 십 년을 바치고

성과 궁전을 낯선 기차역과 바꾸리라.

안정을 한 조각의 모험과 맞바꾸고

확실한 것들을 열정과 바꾸리라.

가능한 한 많은 곳을 여행하기 위해 표를 사리라.

풍경을 바꾸리라.

이 모든 것에 색을 칠하리라.

프랑스 작가 비르지니 그리말디의 첫 소설인 『남은 생의 첫날』에서 세 사람은 함께 여행을 떠난다. 그들은 "허무하거나 사랑을 잃었거나 삶에 실망한" 이들이다. 그 여행은 '남은 생의 첫날'이다. 작가는 말한다. "사랑이 영원할 거라고 믿는 시간도 오래가지 않을 테니 그 시간을 즐겨라"라고.

나는 지금 출발을 앞둔 기차 객실에 앉아 있다. 9월의 마지막 밤이다. 창밖에는 도로가 있고 몇 대의 차가 라이트를 켜고 지나간다. 그 너머로 어두운 숲이 보인다.

지난 스무날 동안 나는 이 공간을 객실로 바꿨다. 쪼그려 앉아 세제 푼 비눗물로 더께 낀 바닥을 청소하고 벽에 흰 페인트를 칠하고 전구를 다시 달았다. 몇 개의 의자와 테이블, 책장을 들였다. 읽은 책들과 읽고 싶은 책들을 책꽂이에 꽂았다.

오늘 낮에는 간판을 달았다. 상아색 작은 큐브형 간판이다. 간판을 달 때는 간판 업자가, 책장과 테이블, 의자 등을 들일 때는 가구 판매원이 도와주었다. 그 외의 모든 일은 나 혼자서 처리했다. 인테리어라고 할 것도 없지만 원목 수납장과 선반, 벽시계처럼 다소 큰 물건부터

문에 다는 종, 에스프레소 잔처럼 작은 물건까지 어느 하나 쉽게 고를 수 있는 게 없었다.

내일부터 본격적으로 문을 여는 객실, 책방이듬이다. 분주하게 한 달간(정확하게는 28일간)의 오픈 준비 기간을 가지는 동안, 행인들이 구경삼아 들어와서 멜빵바지나 머리카락에 묻은 페인트를 보며 웃었다. 어떤 날은 쌓아 둔 책더미에서 조심스레 책을 빼내어 사 가는 사람도 있었다. 개를 데리고 온 사람은 '수제 애견 간식 샵'이 '책방'으로 바뀌는 걸 신기해했다.

나는 어느 누구의 지지나 후원을 받지 않고 이 일을 벌였다. 내가 아는 모든 사람이 말리고 걱정하는 일을 시작한 것이다. 그러니까 내일은 개업일, '내 남은 생의 첫날'이다. "제법 많은 책을 냈고 대학 강의도 나가는 중견 작가인데 작품이나 쓰지 뭐 하러 사서 고생을 하느냐?"라는 우려 섞인 질문을 선배 작가에게서 들었다. 나는 "안정을 한 조각의 모험과 맞바꾸고 확실한 것들을 열정과 바꾸리라"라는 대답은 하지 못했다. 확실한 것은 없다. 다만 내 심장이 두근거리며 온몸이 뜨겁고 담대하게 나아가는 기분을 잃어버리고 살게 될까 봐 두려웠다. 그래서 책방 입구 위쪽 벽에 니체가 『차라투스트라는 이렇게 말했다』에 쓴 문장을 아크릴판에 적어 붙였다.

"춤추는 별이 되기 위해서는 그대 스스로의 내면에 혼돈을 가지고 있어야 한다."

이 공간은 심리적인 기차역이나 객실이 되면 좋겠다. 책을 통해 먼 곳으로 떠났다가 조금 달라진 마음으로 돌아오는 경험이 가능한 곳이 되면 어떨까? 작은 불빛이 있는 등대가 되어도 좋겠다. 바람 부는 날, 위기에 처한 작은 어선처럼 인파에 지친 사람들에게 희망을 보여주면 기쁘겠다. 여기저기 표류하며 지쳐버린 나부터 여기서 몇몇 친구들을 만나 공감하며 일상이라는 소소한 여행을 떠날 수 있다면 더할 나위 없겠다. 나만 알고 나만 사랑했던 지나간 날들이여, 안녕.

세탁소 옆 책방

세탁소 아주머니가 따뜻한 식빵을 가져오셨다. 지난주엔 카스텔라를 갖다주시더니. 요즘 제과 제빵을 배우러 다닌다고 하신다. 캉파뉴나 치아바타 같은 건 안 만드냐고 물어보니 그런 건 자신도 시식용으로밖에 맛보지 못했다고 한다. 학창 시절엔 문학소녀였는데, 일찍 결혼해 30년 넘게 세탁소에서 남편과 일하고 있다는 분. 저번에 빌려드린 시집이 어려웠다고 하셔서 이번에는 최승자 시인의 『빈 배처럼 텅 비어』를 빌려드렸다. 잔뜩 걸린 옷들 사이에서 답답할 때 읽으시라고 했다.

무슨 까닭인지 눈에 물이 고인 채 아주머니가 가시고

나는 식빵을 한입 물었다. 소금이 덜 들어간 건지 싱겁고 질겼다. 씹긴 씹는데 언제 삼켜야 할지 몰라 우물거렸던 늑간살 같았다. 몇 해 전, 나는 원주에서 처음으로 돼지 부속 구이집에 갔다. 돼지 염통, 꼬리, 볼살, 껍데기 등 여러 부위를 연탄불에 구워 먹는 작은 식당이었다. 혀 위에서 천천히 식는 돼지 간을 맛보며 부속의 반대말은 뭐지? 돼지 메인은 뭘까? 주된 것은 뭘까? 중심과 주변으로 나뉘는 세상에서 우리는 부속품 취급을 받으며 사는 건 아닐까? 생각했다.

돼지 염통보다 작은 나의 심장을 쿵쿵거리게 하는 만남은 이곳을 찾아오는 유명 작가들과의 대면이 아니라 평범한 이웃들과의 사소한 마주침이다. 세탁기가 돌아가는 동안 나의 아름다운 이웃은 시집을 펼칠 것이다. "현실 속의 우리를 충격에 빠트릴 힘이 없다면 예술이 대체 무엇인가?"라고 제임스 엘킨스가 말했다. 아름다움은 세상과 관계 맺음으로 발견된다. 편안하고 익숙했던 나를 넘어트리고 그 자리에 타인을 들이는 것이 적극적인 초대이자 환대이리라.

당신이 생존을 위해 무엇을 하는가는

내게 중요하지 않다.

당신이 무엇 때문에 고민하고 있고,

자신의 가슴이 원하는 것을 이루기 위해

어떤 꿈을 간직하고 있는가를 나는 알고 싶다.

당신이 몇 살인가는 내게 중요하지 않다.

나는 다만 당신이 사랑을 위해

진정으로 살아 있기 위해

주위로부터 비난받는 것을

두려워하지 않을 자신이 있는가를 알고 싶다.

– 오리아 마운틴 드리머, 「초대」 부분

네가 원하는 건 이 상자 안에 있어

길 건너 공원에 가서 국화 화분을 샀다. 크림색 소국이 가득 핀 하얀 플라스틱 화분을 들고 공예품 부스 옆 농산물 부스에서 사과 네 개를 샀다. 고양가을꽃축제가 한창인 일산 호수공원에는 가판대와 텐트들이 즐비했지만 사람은 그리 많지 않았다. 비가 오려는지 서늘하고 무거운 공기 속에서 물건을 파는 사람들이 수척한 얼굴을 하고 있었다. 저녁에는 야외 공연이 열린다고 했다.

해 저무는 창가에 노란 꽃들을 두고 노오란 꽃이라고 발음해봤다. 길게 불러 강조해도 여러 겹인 기분의 명도는 높아지지 않았다. 나는 입을 다물고 창밖을 노려보며 생활이란 무엇인지, 책방을 한다는 것은 무엇인지 생각하지 않으려 했다. 이길 수 없고 끊을 수 없는 것들을 생각했다. 자꾸만 가로수 벚나무 잎들이 떨어졌다.

오전 10시부터 저녁 8시까지 손님이라곤 근처 오피스텔에 사는 드라마 작가 한 분이었다. 젊은 남자 세 사람이 문을 밀고 들어오려다가 나가버렸다. 카페인 줄 알았는데, 책이 많아서 부담스럽다고 했다. 호수에서 불어온 바람에 책방 입구에 세워둔 칠판이 넘어져서 모서리가 부서졌다. 숨죽이고 있던 기억의 골목이 허물어졌다. 기억은 땅거미처럼 무게가 없는데 이토록 큰 타격을 주는 건지.

퇴근하려고 책상을 닦고 있는데 한 사람이 황급히 들어왔다. 뒤를 이어 들어온 사람은 커다란 배낭을 멘 채 쿠키 상자를 들고 있었다. "아직 안 마쳤죠? 책 좀 살 수 있을까요?" 앞서 들어온 여자가 시집들을 훑어보며 말했다. 그녀는 시집 세 권을 뽑아 들고 뒤따라온 남자에게 돈을 내라고 했다. 남자는 종일 떨었더니 손가락이 잘 펴지지 않는다고 했다. 그는 품에 안고 있던 알루미늄 쿠키 상자 같은 걸 무릎 사이에 끼웠다. 기침을 하며 상자

를 이쪽저쪽 돌리다가 겨우 열어서는 현금을 꺼내어 세
었다.

그들은 젊은 부부로 꽃 장사를 마치고 집에 가는 길에
들렀다고 했다. 낮에 잠시 갔던 그 화훼 전시 판매장의
한 군데에서 간이 천막을 치고 식물을 팔고 있다고 했다.
오늘 장사하고 번 돈으로 시집을 사서 행복하다며 여자
가 웃었다. 남자는 여자의 말에 귀 기울이곤 서가 쪽으로
몇 발자국 가서 소설책 한 권을 꺼냈다. 상자 안에는 이
제 천 원짜리 몇 장과 먼지, 동전들이 남아 있었다.

이처럼 아끼며 간직했던 많은 것을 내보냈던 시절이 있
었다. 당신이 해변에서 손가락으로 그려준 상자 안에 세
상 모든 것이 들어 있다고 믿었다. 나는 문 앞에서 밀물
처럼 밀려오는 밤길을 나란히 걸어가는 두 사람의 뒷모
습을 바라보았다.

삶이 그대를 속일지라도

오늘은 조용히 앉아 있는 숙녀와 나란히 독서했다. "슬픔의 날을 견디면 기쁨의 날이 온다"라고 노래했던 푸시킨. 그가 38세의 나이로 염문설에 휘말려 결투를 하다가 죽었다는 걸 알게 되었다. "아, 말도 안 돼." 나는 탄식했고 묘한 배신감이 들었다. 내가 초등학교 4학년 때, 처음으로 시가 주는 위안과 감동을 받았던 작품이었는데.

손님이 왜 그러냐는 듯 쳐다봤지만, 나는 고개를 떨구고 가만히 있었다.

어떤 날의 행운

아침에 그릇을 떨어트렸다. 루앙에서 사 온 접시였다. 잔 다르크 동상 옆 파란 철문이 있는 상점에서 25유로에 샀다. 올리브나무가 그려져 있는 접시였다. 접시는 떨어지며 잠이 덜 깬 고양이 소리를 냈다. 두 조각으로 부서졌다. 산산조각 나지 않았다.

타인은 지옥일까

지금 이곳엔 음악 하는 분, 그림 그리는 분, 스탠드 켜고 독서 중인 분, 노트북 펴고 시 쓰는 분이 있다. 작은 책방에 파티션이 있는 것도 아닌데, 서로 방해되지 않는다고 말한다. 오히려 기타 조율하는 소리가 좋다고 한다. 금요일 밤이라서 클럽도 가고 노래방도 가고 여행을 갈 수도 있을 텐데 뭉클하고 고마운 사람들의 모습을 쳐다본다.

조금 전에 나간 사람이 아마도 도의원일 거라고 책을 보던 사람이 내게 귀띔해준다. 전혀 정치인으로 보이지 않는 수수하고 검소한 옷차림의 사람이어서, 어쩌면 일용직 노동자가 아닐까 하고 짐작한 적도 있는데…….
그는 일주일에 한 번쯤 이곳에 와서 차를 주문하거나 책
을 사고는 거스름돈을 받지 않고 가곤 했다. 생색내지
않는 사람이 내 주변엔 참 많다.

나는 장 폴 샤르트르의 "지옥은 다른 사람이다"라는
말을 신뢰하며 생활한 사람이다. 밖으로 나와 깊고 선연
한 밤하늘을 쳐다본다. 구름 사이로 달이 흘러간다. 어떤
믿음들이 깨지고 뒤죽박죽된 감정일 때 나는 한 계단 이
동한 느낌을 받는다. 그 이동이 상하든 수평이든 상관없
이 나쁜 경험은 아니다.

가장 따뜻한 색

눈이 온다. 나는 창가 의자에 축 늘어져 있다. 마치 흰 솜이 든 봉제 인형처럼. 눈송이가 행인의 어깨를 비껴가며 보도블록 위로 떨어진다.

검은 코트에 장갑을 끼고 긴 검정 치마를 입은 분이 문을 밀고 들어왔다. 나는 슬며시 일어나 고개를 까닥했다. 그녀는 콧물이 조금 흐르는 얼굴에 알 수 없는 표정을 짓는다. 책방 안에는 바흐의 〈골드베르크 변주곡〉이 흐르고 있다. 글렌 굴드가 세상을 뜨기 전 1981년 야마하 피아노로 연주한 것이다.

그녀는 서가에서 뽑은 책을 앞뒤로 구부리며 말한다.

"〈이 시간 너머로〉라는 영화 보셨어요? 굴드에 관한 영화인데……."

나는 '아직'이라고 대답한다.

"저런, 유감이네요." 그녀가 코트를 벗어 의자에 걸쳐 놓는다. 산뜻한 푸른색 스웨터를 입고 있다. 나는 그녀에게 물었다.

"혹시 〈가장 따뜻한 색, 블루〉 보셨어요? 퀴어 영화라고들 하는데……."

그녀는 '아직'이라고 답한다.

블루는 사랑이라는 단어 뒤에 감추어진 악마적 색깔이라고도 하고, 불꽃의 가장 뜨거운 부분이라고도 한다. 보풀이 일어난 푸른 스웨터를 입은 여자가 창밖을 본다. 나는 허리를 굽혀 발목을 만졌다. 차갑고 눅눅한 게 인형의 관절 같다. 내 심지에 불꽃이 남아 있다면, 아직 고온의 푸른색이 살아 있다면, 나는 타버렸을 것 같다.

신세계

1492년 콜럼버스는 아메리카 대륙을 발견한다. 그것은 거의 우연이었다고 한다. 그는 그 신세계의 모든 땅을 사유지화하는 과정에 거짓말을 일삼고 사람들을 배신하고 죽였다. 그가 꿈꾼 신세계는 아주 부유한 곳일까? 미국은 배고픔이 충족되는 아름다운 곳일까? 금융과 예술의 경지가 하늘을 찌르는 강국이지만, 범죄율도 그만큼 높다. 부자와 극빈자, 백인과 유색인이 우글거리며 싸우는 혼란의 땅으로 불가사의와 모순이 집결된 곳이 되었다.

나는 지금 에드워드 호퍼의 〈밤을 지새우는 사람들〉이라는 그림을 보고 있다. 호퍼가 1942년 그리니치빌리지의 한 레스토랑에서 영감을 얻어 그린 이 작품은 신세계라 불리는 대도시 뉴욕의 고독을 가장 통찰력 있게 표현한 작품일 것이다. 오늘 책방에 온 분이 선물로 준 건데, 그림 속 레스토랑의 황량한 느낌이 지금 이곳의 분위기와 닮아 있다.

책방에 신세계를 열어줄 물건들이 늘어나고 있다. 그래서 칸막이 뒤편이 복잡해졌다. 오늘 점심시간에는 법원 공무원인 책방이듬 회원이 프린터를 갖다주셨다. 부서를 옮기며 개인적으로 쓰던 프린터를 책방에 기증한 건데, 새 제품이나 다름없다. 이젠 눈길을 걸어 문구점에 복사하러 가다가 미끄러질 일이 줄었다. 전자레인지도 생겼다. 빨간색의 삼성 제품인데 '항균 마크 획득'이라는 스티커가 붙어 있다. 시를 쓰는 선배가 주고 갔다. 책방 앞 대로에 정차해 순식간에 내려놓고 갔다. "언니, 전자레인지에 데워 먹을 햇반 한 상자는 없어요?" 나는 뻔뻔스럽게 물었다. 그녀는 내게 "몸이 그게 뭐니? 날아가겠다. 제발 밥 좀 잘 챙겨 먹어라" 잔소리하는 걸 빼먹지 않았다. 그녀는 책방 안에 들어오는 걸 꺼린다. 내가 앞치마를 두르고 차를 만드는 모습을 보고 싶지 않은 것이다. 책을 쓰지 않고 책을 파는 나를 안타까워한다.

이 밤에 나는 버튼 하나로 냉동 피자가 데워지고, 시가 출력되는 거의 새 물건들을 앞에 두고 있다. 신세계가 열린 기분이다. '신의 축복이 있기를⋯⋯.' 이곳에 오는 모든 이가 평화롭고 평등하기를. 슬픔이든 기쁨이든, 피자 한 조각이든 나눠 먹기를⋯⋯. 그 영화 제목이 뭐였더라? 자신이 속한 조직의 리더가 뚱뚱한 파란색 비둘기를 어깨에 얹고 점잔 빼는 영화⋯⋯. 어쨌든 그 영화처럼 굴지 않기를⋯⋯. 세상에 지친 이웃들에게 이곳이 위안의 최전선이기를 바란다. 이렇게 일기처럼 적고 보니 이곳이 무슨 신전 같아서 혼자 웃는다.

주저앉을 때

오늘 독서 모임을 근처의 다른 카페에서 했다. 난방기가 고장 나서 작은 전기난로를 켰지만, 호숫가 바람이 문틈으로 들어와서 추위를 견딜 수 없었다. 잠시 후 7시엔 그림 강좌가 있는데 다른 데서 하시라고 얘기해야겠다. 매주 한 번씩 모이는 작은 모임이므로 이왕이면 따뜻하고 조용한 장소가 좋으니까. 갑자기 기계가 말썽을 부리면 신경이 곤두선다. 저 난방기는 에어컨 기능도 있는데, 지난 늦여름엔 펌프에 문제가 생겨 수리했다. 내일 일찍 서비스 기사가 오기로 했는데, 수리가 안 되면 내일은 문을 열 수 없겠다. 이달엔 설 연휴가 있어 며칠 문을 닫았는데 월세를 낼 수 있을는지 심히 걱정된다. 아예 망가진 게 아니길 바란다. 그저 '나 좀 고쳐주세요' 하는 기계의 어리광 섞인 신호이기를.

해가 넘어가니 더 춥다. 마감 시간까지 버티지 못하고 뒷정리한 후 가방을 챙겨 나와서 문을 잠갔다. 열쇠 구멍이 바닥 가까이에 있어서 무릎을 꿇다시피 해야 한다. 일어나다가 엉덩방아를 찧었다. 그냥 주저앉아 있었다. 바닥이 차갑고 조금 미끈거렸다. 주저앉은 채 피곤한 몸을 돌려 큰길 쪽을 바라보았다. 부러진 의자처럼 나를 놓아두었다. 헤드라이트를 켠 승용차들이 귀가를 서둘렀다. 트럭과 오토바이도 지나갔다. 그 너머 어두운 숲의 상부가 보였다. 숲이 밤의 파도처럼 일렁였다.

그 밤에 나는 자전거를 타고 달렸다. 방학을 맞아 동료들과 통영 사량도에 간 날이었다. 우리는 배에서 내리자마자 곧장 걸어 횟집으로 들어갔다. 늦은 저녁 식사를 하고 예약한 민박집으로 옮기려는 계획이었다. 식당에 들어가서 다른 사람들이 회를 주문하는 사이에 나는 한 구석에 가방을 놓고 바깥으로 나왔다. 일몰을 보려고 했는데 금세 어두워졌다. 음식이 나오려면 시간이 꽤 걸릴

31

것 같아서 식당 앞에 세워져 있는 자전거에 올라탔다. 아마 주인의 자전거겠지. 나는 페달을 밟아 횟집 건물 뒤로 나 있는 골목으로 들어갔다. 자전거 타기에 좁지 않은 길이 이어져 있었다. 불빛이 없었지만 먼 가로등이 어렴풋이 벽인지 아닌지를 알려주어서 부딪치지 않고 쭉 달렸다.

차가운 바닷바람이 몸살로 더게 앉은 어깨를 닦아주는 기분이었다. 나는 항상 무리하는 편이다. 진짜로 더는 견딜 수 없을 때까지 버티는 미련함이란. '나 좀 쉬어야 해요'라는 몸의 신호에 귀를 기울여야 할 때가 있다. 몸살은 그 가벼운 신호 중 하나다. 지나가려니 하고 무시하면 몸을 지고 있어야 한다는 말을 들은 적이 있다. 순간 자전거가 공중으로 뜨는가 싶더니 옆으로 꼬꾸라졌다. 몸이 바닥에 털썩 붙어 한동안 꼼짝하지 못했다. 골목에 있는 집들이 다 빈집인지 작은 인기척도 개 한 마리 짖는 소리도 나지 않았다. 뺨을 만져보니 손바닥에 피가 흥건했다. 손바닥에서 나는 피인지 뺨에서 나는 피인지 알 수 없었다. 양쪽 무릎도 깨졌다. 어떻게든 동료들이 있는 식당으로 돌아갈 수는 있겠구나 싶었다. 쓰러진 자전거를 내버려 두고 서너 발자국 앞으로 걸어갔다.

피 묻은 손으로 내 입을 틀어막았지만 비명이 새어 나왔다. 눈앞에는 바로 바다가 있었다. 시커멓게 철썩이는 바다가. 철조망도 벽도 없이 길은 곧바로 바다로 연결되어 있었다. 만약 거기서 무엇인가에 걸려 넘어지지 않았다면 나는 익사했겠지. 자전거와 함께 차가운 바닷속으로. 그런데 이상한 점은 넘어진 자리에 방지턱은 고사하고 돌멩이조차 없었다는 사실이다. 내가 이 사건이라 부를 수 있는 얘길 하면 사람들은 마지막에 가서 소설 쓰지 말라고 손사래 친다. 통상 기적을 대하는 사람들의 반응이랄까. 보이지 않는 힘이 주저앉히기 전에, 입을 벌리는 하품의 신호에 따라 자러 가야겠다.

끔찍하게 조용한 송년회라도

　낮부터 큰 솥에 멸치와 새우를 넣어 국물을 냈다. 어제는 백석역 근처 떡집에서 쌀떡 네 봉지를 사 왔다. 저녁에 떡국을 끓여 손님들에게 한 그릇씩 대접하려는 것이었다. 고명으로 쇠고기를 볶고 대접과 수저를 닦아두는 것도 잊지 않았다. 그러니까 설날 기분을 미리 내는 송년회가 되겠다. 나는 스무 명을 정원으로 한 작은 송년 파티를 준비했다. 자작나무가 많은 어두운 숲 가, 차갑고 매서운 바람이 부는 대로변의 책방에서 자작시 낭독회를 하며 보내는 밤을 기대했다. 조촐하고, 어쩌면 썰렁한. 최악의 상황을 상상한다면 끔찍하게 조용한 송년회가 될 수도 있겠다고 생각했다. 그래도 울지 말자고 다짐했다.

올해 들어 가장 추운 저녁이었다. 아직 자리가 있냐고 묻는 사람들이 있었다. 정원이 넘쳐 오시겠다는 분들께 미안하다고 했다. 너무 붐비면 음식을 옮기거나 작품을 읽을 때 산만하기 쉬우니까. 스무 명이 스무 편의 시를 낭독했다. 태어나서 처음 시를 쓴 사람도 있었고 이미 유명한 시인들도 있었다. 평등하게 섞여 자신의 시를 읽었다. 마치 어린아이들의 학예회처럼 설렜다. 그 작품들이, 떨리던 목소리들이 정물화처럼 내 가슴에 놓여 있다. 심정 아프게 하는 시가 많았다. 일상의 괴로움을 안고 시를 지으며 달랬으려니. 모든 사람의 혈관에는 시어가 흐르고 있다. 모든 사람의 손바닥에는 시인이라는 징표가 새겨져 있다. 손금을 찬찬히 보면 '시'라고 적혀 있다.

나는 더 침착하고 다정했어야 했다. 나는 덜 말하고 더 많이 들었어야 했다. 저녁 식사로 떡국을 내고 사회를 보느라 에너지가 들떠 분산되어 있었다고 해도, 멀리서 온 이들의 마음부터 더 깊이 챙겼어야 했다. 이 고단한 삶에서 연말에 시간을 내어 이곳까지 온 이들이 잠시나마 아무 근심이나 부담 없이 세상에서 가장 평온하고 따뜻한 시간을 누리게끔 살폈어야 했다. 언제나 책방지기인 나보다 더 책방의 생존을 염려하며 아껴주는 벗들에게 오늘 하루쯤은 손도 까닥하지 못하게 했어야 했는데.

진우는 만두와 김치, 파, 마늘, 국간장 등 갖은양념과 함께 쇠고기를 두 근 넣어 푹 고운 음식을 사골 냄비째 들고 왔다. 승혜는 집에서 20인분의 달걀지단을 부쳐왔다. 정호는 고등어 초절임을 만들어왔다. 영화는 귤 한 상자를 갖고 왔고 누가 여러 병의 고급 와인을 갖고 왔더라? 어떤 이는 각종 빵이 든 봉지를 내밀었다. 대부분이 파티를 위해 음식을 준비해온 것이다. 일찍 도착한 등작은 가방과 목도리를 선물해줬다. 더구나 목영은 '일파만파 낭독회' 시즌1 포스터 전체를 새긴 머그잔 마흔 개를 제작해왔다. 여긴 빈손으로 올 수 있는 맘 편한 곳이 아니었을까? 오늘만이라도 집에 오듯 아무 부담 없이 달려오는, 자본의 궤도를 이탈해 모이는 공동체를 꿈꿨는데, 기분이 묘했다.

어찌 다 헤아릴까? 이 많은 마음을. 장보기부터 마지막 설거지까지 함께해준 사람들을. 책방을 열기 전엔 전혀 알지 못했다가 책방에서 만나 벗이 된 이들. 이제는 서로서로 안부를 묻고 어쩌다 보이지 않는 이가 있으면 찾고 연락하는 사이가 되었다.

멀리 있는 부모 형제보다 친밀하게 정을 나누는 공동체가 있음을 알게 된 밤이었다. 한겨울 숲 가에 등대처럼 작고 흰 간판 불을 켠 이곳, 이웃 상인들 말로는 "책방이 생뚱맞게 있을 자리가 아니다"라는 터에서 나는 15개월 가까이 보냈다. 이 자리에서 두 번째 맞은 연말이다. 혼자서 발버둥 치며 여기까지 온 게 아니었다. 문학이라는 돛으로 이곳저곳 표류하던 작은 배. 나 혼자가 승무원이자 선장이었던 고독한 표류자가 책방에 닻을 내리고 어찌할 바 몰라 허둥거리며 슬퍼했는데……. 나는 조금씩 움직이고 있었다. 더 큰 배가 현지라는 파고를 넘고 있었다는 걸 깨닫지 못했다. 혼자 먹는 밥이 가장 달았던 이가 더불어 사는 법을 뒤늦게 알아가고 있다. 바람이 없다면 어떻게 항해할 수 있겠는가. 사람들이 불어주는 온기로 이 배가 천천히 항해하고 있다.

자기 혁명

오늘은 열세 번째 월세를 내는 날이다. 하지만 당당하게 월세를 내지 않았다. 책방 건물주 부부가 1년 동안 망하지 않고 버틴 나를 기특히 여겨 이번 달 월세를 탕감해준 것이다. 꼭 그런 건 아니다. 내가 그분들에게 몇 차례 전화해 월세를 낮춰달라며 구구절절 현실적 사정을 설명한 것이었다.

며칠 전에 서울 은평구에 살고 계신 어르신 두 분께서 오셨다. 작년에 부동산 중개사 사무실에서 처음 뵈었을 때보다 덜 어색했다. 건물주 부부는 공간을 쓱 둘러보며 앉았다. 나는 따뜻한 음료를 드리며 겸연쩍게 웃었다.

"사실 우리야 누가 들어오든 간섭할 건 아니지만, 처음에 책방을 한다고 할 때부터 걱정스럽긴 했어요. 도서관도 많은데, 이 동네 사람 누가 책을 사서 보겠어요? 베드타운이라고 하잖아요. 만약 내 딸이 책방을 하겠다고 했으면 말렸을 겁니다. 그래도 우리가 임대한 공간에서 다른 업종이 아닌 책방을, 의미 있고 좋은 사업을 하고 있으니 참 보긴 좋아요. 알고 보니 사장님이 꽤 알려진 시인이시더라고요. 내 집에 이런 분이 들어와 장사하시니 고마워요."

고장 난 수도꼭지처럼 부지불식간에 내 눈에서 눈물이 쏟아졌다. "월세 160만 원에 부가세 16만 원을 매달 보내드리는 일이 정말 만만치 않습니다. 여기서 책과 음료를 팔아서는 관리비를 겨우 낼 형편입니다. 제가 대학 강의로 번 돈과 원고료를 월세로 보내드리고 있어요. 이따금 생기는 특강료도 보태서. 며칠 늦은 달도 있었지만 대체로 제날짜에 꼬박꼬박 보내드렸잖아요. 옆에 자동차 대리점도 문 닫았고 편의점도 망해간대요. 행인이 거의 없는 거리잖아요. 그러니 월세를 조금만 낮춰주시면 안 될까요?"

나는 바닥에 무릎을 꿇고 싶은 심정이었다. 두 분께서는 당신들의 젊은 시절 고생담과 현재의 녹록지 않은 형편을 나에게 말씀하셨다. 아저씨가 녹내장으로 검은 렌즈를 넣은 안경을 쓰고 다니신다는 것도 알게 되었다. 아주머니가 나에게 찻값을 주고 가셨다. 반듯하고 깔끔한 성품으로 좋은 사람들이었지만 월세를 낮춰주지는 않을 것 같았다. 두 분의 뒷모습을 바라보며 한숨을 내쉬었다.

그런데 댁에 돌아가신 두 분께서 며칠 고민 끝에 나에게 전화를 주셨다. "이번 한 달은 월세를 보내지 마세요. 대신 다음 달부터는 변동 없이 월세를 이체해주세요. 건강 조심하고요. 스트레스로 정수리에 머리가 다 빠진 걸 보니 가슴이 아프더군요."

이 거리를 문화적으로 바꾸는 동네 책방이 되어, 라페스타 단란주점과 노래방이 안되고, 카페 손님들이 책방으로 와서 시를 읊고, 안마나 마사지를 받으러 다니던 이들이 여기 와서 책을 읽고, 이 건물 주민들이 매일 와서 북적거리는 동화 같은 상상을 안 했던 건 아니다. 어째 동네 분위기는 못 바꾸고 나만 바뀐 것 같다.

건물주 아주머니가 전화를 끊기 전에 마지막으로 했던 말을 기억한다. "동네 사랑방 역할을 하는 책방이듬이 늘 열려 있고 잘되기를 바랍니다."

마르지 않은 티셔츠를 입고 낭독회를

주말에 대구에 갔다. '시인보호구역'에서 시집 『마르지 않은 티셔츠를 입고』 낭독회가 있었기에. 시인보호구역은 시인 정훈교가 운영하는 서점 겸 공연 카페 겸 출판사로 다양한 프로그램과 인문학 행사가 열리는 곳이다. 그가 7년 이상 대구 중심가의 그 공간에서 지역 문화 운동을 해왔을 뿐만 아니라 무난하게 생활을 꾸려왔다고 들었다. 그래서 나는 동대구행 KTX를 타며 설렜다. 낭독회보다 책방 운영에 보탬이 될 사업 방법이나 수완을 전수받고자 하는 마음이 더 컸던 게 사실이다.

"김이듬 시인의 낭독회가 마지막 낭독회가 될 것 같네

요. 더 버티지 못할 형편입니다." 정훈교 시인이 나를 보며 웃는 건지 우는 건지 알 수 없는 표정으로 말했다. 중상류층이 살 법한 아파트 밀집 지역의 상가 지하에 있는 시인보호구역은 무척 넓어 백여 명을 수용할 만한 아름다운 공간이었지만, 책방지기의 인건비는커녕 월세조차 제때 낼 수 없을 정도로 근근이 이어오고 있었다.

작년에 나는 동네 책방 지원 사업을 논의하는 자리에 참석한 적이 있었다. 서울 신촌에 위치한 작은 책방에서 몇몇 책방지기가 문화체육관광부의 행정 사무관, 학예연구사 등과 대담을 했다. 그 자리에서 나는 대다수 동네 책방은 구조적인 문제로 망할 우려가 있으니 실효성 있는 지원 프로그램이 마련되기를 바란다고 했다. 내 옆에 있던 젊은 책방지기가 "우리 책방은 절대 안 망할 거다"라고 장담했던 순간도 또렷이 기억한다. 그렇게 확신할 수 있는 패기와 믿음이 부럽다기보다는 무서웠다.

어렵사리 찾아간 낭송회장 객석에는 사람이 별로 없었다. '촉촉한 낭독회'라는 제목으로 지속해온 그 행사에는 독자층이 두터운 시인도 왔다는데 그때도 시집이 두어 권 팔릴 정도였다며 정 시인은 쓸쓸하게 나를 위로했다.

울음을 터트릴 정도의 실망감과 슬픔이 내 가슴을 눌렀지만 어느 때보다 고백적으로 시에 대해 얘기했다. 어떤 분은 "책방이듬을 열게 된 이유가 뭔가요?"라고 물었고 어떤 분은 "예전의 시들은 부담스러울 정도로 에너지가 넘치며 전위적이었는데 이번 『마르지 않은 티셔츠를 입고』의 시들은 기운이 빠져 좀 부드럽다고나 할까, 변했다고나 할까, 뭔가 다른 느낌인데, 어떻게 생각하세요?"라고 물었다. 삶이 바뀌니 시도 바뀌나 보다 하며 나는 궁색한 변명을 늘어놓았다.

실제로 나는 기운도 맥도 없이 뒤풀이 테이블 앞에 앉아 있다가 먼저 일어나겠다며 밖으로 나왔다. 정 시인과 송재학 선생님과 같이 저녁 식사를 하고 싶었지만 말을 꺼낼 수 없었다. 소수의 관객 사이에서 두 분의 얼굴을 마주 보기가 몹시 민망하고 미안하며 부끄러웠다. 정 시인이 뒤따라와서 차비를 쥐여주었다. "책방 문 닫게 되면 놀러 갈게요"라고 말하며. 폐만 끼친 듯한 촉촉한 낭독회는 그야말로 우울하고 축축했다. 우리는 책으로 먹고 살려는 게 아니라 책과 함께 살려는 건데, 월등한 책방지기가 아니라 친구 같은 책방지기가 되려는 건데……

멀지 않은 거리에 아는 언니 둘이서 운영하는 아트 갤러리가 있었다. 번화가에서 철물점이 모인 청회색 느낌의 동네로 이전했다. 두 사람은 여전했다. 여전히 위태위태하게. 독립 갤러리를 운영한답시고 아트 디렉터인 언니는 집을 팔았고 대표를 맡은 언니의 엄마는 속을 끓이다가 돌아가셨다고 했다. 그날도 두 분은 그룹전 기획과 책 편집을 위해 토요일 밤을 갤러리에서 지새우다시피 했다. 나는 그들을 방해하지 않으려고 저녁밥을 먹었다고 했다. 두 끼 굶은 공복에 대나무 잎 차 몇 모금 마시고 그림들을 두리번거리다가 그곳을 벗어났다. 스스로도 이해할 수 없는 인생이 도전적으로 흘러갔다.

인문학과 예술을 나누는 소규모 공간은 소중하지만 사람 속으로 스며들기에는 어려움이 많다. 책방이듬이 시인보호구역처럼 7, 8년 버틸 재간도 담력도 없다는 걸 안다. 그렇다고 혼신을 다하지 않고 힘을 좀 비축할 것인가. 헤어질 것을 알고도 사랑을 멈출 수 없는 미친 연인들처럼, 언젠가 죽을 것을 아니까 소용없는 일에도 하루하루 죽을 듯이 치열할 수 있는 건 아닌지. 내가 극단적인 걸까? 초가을 바람 불어 덜컹거리는 퍼런 철공소

문 옆 담벼락에 혼자 머리를 찧으며 울던 밤이 지나갔다.
너무 세게 머리를 박은 걸까? 그 여파로 자신감과 의욕
저하, 수면 장애를 심히 겪고 있다.

멈춘 세레나데

둔중하게 깨지는 소리가 나서 뛰어가 보니 싱크대를 중심으로 연기가 났다. 깨진 주전자 유리 파편과 내용물이 바닥에 떨어져 있었다. 인덕션이 아니라 가스레인지 불에 대추차를 달이다가 태웠으면 불길이 번져 화재가 일어날 뻔했다. 주전자 재질이 단단하고 두꺼운 유리가 아니었다면 큰일이 났을 것이다.

나는 이 주전자를 10년 가까이 애지중지하며 사용하고 있었다. 큼직하고 투명한 주전자 안에 차나 약재를 넣고 끓이면 귀여운 소리를 내면서 내용물이 부유하는데 그게 꼭 어항 속 물고기가 움직이는 것처럼 보인다고 할까? 또 얼마나 졸였는지 눈으로 가늠할 수 있어 편리했다. 베를린에서 이 주전자를 사서 감기 기운이 있을 때 생강을 달여 마시기도 하고 옥수수 차를 끓여 먹기도 했다. 귀국할 때는 무게감도 있고 깨질 위험도 있는데 애써 포장해 가지고 온 것이다.

그런데 오늘 책방에서 대추차를 재탕으로 달이고 있었다. 날씨가 추워서 손님들에게 뜨거운 대추차를 대접하려던 것이다. 오전에 '장미 독서클럽' 모임을 진행할 때 대추와 시나몬을 넣어 끓인 차를 뜨거운 주전자째 테이블에 내놓았더니 예닐곱 명의 회원이 한 방울도 남기지 않고 컵에 따라 마셨다. 이문숙 시인이 물었다.

"이렇게 좋은 포트가 어디서 났어요? 내부가 훤히 보이니까 대추차가 훨씬 향기롭고 맛나네요."

그렇게 좋아했던 독일제 주전자가 대여섯 조각으로 분리되었다. 유난스레 파편을 튀지 않고 고스란히 앉아 분신하듯 절명했다. 졸아들어 진득해진 대추 더미와 함께. 나는 치우지도 못한 채 망연자실했다. 연기는 창문을 통해 빠져나갔지만 달달하고 슬픈 냄새가 남아 있었다. 몹시 우울하고 울적하며 음산한 금요일 저녁이다. 바깥바람을 쐬러 가고 싶지만, 오늘 밤엔 여기서 이정호 씨의 '미술 교실' 수업이 있고 이미 수강생인 최희정 씨와 김민태 피디가 와 있다. 이 공간의 주인인 나도 있어야 하기에 오늘 금요일 밤도 책방에서 보낼 것이다.

좋아하는 사물과도 인연이란 게 있을까? 그것에 대한 애착을 사랑이라고 할 수 있을까? 얼마 전 지인이 15년 동안 타온 승용차를 중고 시장에 내놓고 돌아서는데 눈물이 났다고 했는데 그 말에 문득 공감한다. 창가에서 보는 숲의 우듬지가 저녁노을에 아득하고 붉다.

수인

    며칠 전에는 '일파만파 낭독회'에 황석영 작가님이 초
대 작가로 오셨다. 모시기 어려운 분으로 알고 있었는데,
책방 개업 소식을 접하시고는 평범한 손님처럼 이따금
들르셔서 커피와 책들을 팔아주신다. 낭독회를 부탁드렸
더니, 흔쾌히 수락하셨고 행사 당일에 모인 많은 독자 앞
에서 당신의 자전적 소설 『수인囚人』에 대해 진지하고 겸
허하게 말씀하셨다. 엄청난 식견과 놀라운 기억력으로
당신의 생애를 말씀하셨는데, 비단 그것은 한 개인의 일
생이 아니라 한국 사회의 변모 양상이 녹아 있는 것이었
다. 군부 정권, 폭력, 평화, 통일 등의 열쇠단어가 시대상

을 드러냈다. 행사 후엔 내가 봉투에 넣어 내민 얄팍한 낭독료도 거절하셨다. 오히려 남아 서성거리는 손님들과 함께 책방 근처로 나가 고기를 사주셨다. 다음 달에는 일산 사시는 배수아 작가님도 낭독회의 초대 손님으로 오기로 약속하셨다. 국내에 거주하는 시간보다 베를린 등 타국 도시에 머무는 시간이 많아서 모시기 어려운 분이다.

같은 지역에서 부족한 시인이 운영하는 책방이라는 이유로 많은 도움과 배려를 받고 있다는 것을 나는 안다. 상대적으로 초대 손님을 모시기 어려운 책방지기들에게 미안한 마음이 크다.

소설『수인』에는 황석영 작가님이 민주화 투쟁을 하다가 공주교도소에 갇혀 생활하는 모습도 서술되어 있다. 그와는 다른 이유겠지만, 감옥에 갇혀 있는 사람이 최근 들어 자주 내게 편지를 보낸다. 그는 신문 귀퉁이에 난 기사를 보고 책방 주소를 찾아보았다고 했다.

"제 왼쪽 방에는 사형수가, 오른쪽 방에는 무기징역수가 살고 있는데"로 시작해 "허락해주신다면 오늘처럼 가끔 편지를 드리고 싶어요. 그래도 될까요?"로 마치는 편지가 그의 첫 편지였다. 나는 그가 볼펜으로 정성스레 쓴 긴 편지를 무겁게 받고는 답장을 하지 못했다. 답장하지 않아서 편지는 한 달에 한두 번쯤 오고 있다. 저녁에 온 단골손님에게 감옥에서 온 편지 이야기를 했다. 그가 문학을 좋아하는 사람 같다는 말을 하자, 손님은 아무 말 없이 측은한 눈빛으로 나를 쳐다보았다. 나는 칸막이 뒤로 가서 어두운 공기 테두리 안에 나를 가두고 싶었다.

바깥에서

내 고향 진주에서 합천 쪽으로 가다 보면 국도에 삼가라는 마을이 나온다. 거기엔 한우 구이 골목이 유명해서 더 먼 데서도 소고기를 먹으러 온다. 아버지 생신이라 그곳으로 고기를 먹으러 간 적이 있다. 작은 마을에 고깃집이 열 군데 넘게 성업 중이어서 우리는 어느 식당을 가면 좋을지 몰라 한참 기웃대며 걸어 다녔다. 아버지는 손님이 많은 데를 가자고 하셨고 나는 사람이 적은 조용한 곳을 가자고 했다. 결국 아버지를 따라 앉을 자리가 없을 정도로 장사가 잘되는 가게로 향했다. 구석에서 고기를 구워 먹고 사골국을 사서 집으로 돌아왔다.

부산 사는 친구가 진주에 놀러 왔다. 나는 그 친구의 차를 타고 합천 해인사로 향했다. 가는 길에 나는 그녀에게 삼가에서 고기를 사주겠다고 했다. 저번에 가지 못한 작고 조용한 고깃집으로 들어갔다. 그런데 저번에 갔던 그 고깃집 부부가 그 식당에서 고기를 구워 먹고 있었다. 눈을 비비며 다시 봐도 그들이 분명하다는 걸 알고 나는 무척 의아하고 놀라웠다. '왜 자기 가게 놔두고 코앞의 다른 가게에 와서 고기를 먹는 걸까? 쉬는 날인가? 그래도 그렇지……'

10년도 더 지난 일인데 이 밤 불현듯 식육 식당 그 부부의 웃음소리가 귀에 들리는 듯하다. 서울에서 놀러 온 친구들이 저쪽에서 맥주를 마시고 있다. 나는 그들에게 "근처 바에 가서 술 한잔하자"라고 했지만 그들은 책방에서 마시자고 했다. 여기 음악도 분위기도 좋으니 맥주랑 안주 사 와서 문 닫아놓고 편안하게 마시자는 데에 모두 동의한 거다. 뭐 하러 나가서 돈을 낭비하겠냐는 말이 가장 큰 설득력을 발휘했다.

뉴스에서나 들었을 법한 용어 '소상공인'이 되어 보니 알겠다. 가게 영업이 끝나면 이곳에서 바깥으로 나가고 싶은 심정을. 간판 불을 <u>끄고도</u> 같은 의자에 앉아 마시는 맥주는 쓰기만 하고 일터에서 듣는 음악은 잡음이 심한 라디오 같다. 일터 주방에서 부리나케 만든 스파게티는 질렸다고 소리 지르고 싶다. 일터에서 글이 안 써지는 이유까지는 나 스스로에게도 설명할 수 없지만.

온종일 한 공간에 머무는 데는 에너지가 필요하다는 걸 알게 되었다. 나돌아다닐 때는 몰랐다. 붙박이장처럼 붙어 있으면 기운이 남아돌 줄 알았는데. 좁은 공간을 뱅뱅 돌다가 바깥으로 튕겨 나가려는 물체를 꽉 쥐고 있을 때처럼 나는 손을 꼭 쥐어본다. 악력이 약하다.

무구한 벗들이 창가에서 노을을 바라보며 초자연현상 같다고 한다. 벗이여, 나를 데리고 나가다오. 북극이나 미지의 세계가 아니라도 좋아. 내 슬픈 한숨의 소용돌이 속에 내가 잠식되기 전에. 나는 이렇게 토로하지 않고 다수의 편리와 기분에 맞춰준다. 더 내줄 것이 없는지 냉장고를 뒤진다. 내 마음은 저 구름 색 냉장고 너머 바깥에 있다.

사적인 공간

책방에는 칸막이가 있다. 예전 주인이 '수제 애견 간식 샵'을 할 때 만들어놓은 건데 철거 비용이 많이 들어서 그대로 두었다. 다만 책방을 열기 전에 며칠에 걸쳐 청소하고 긴 롤러와 흰색 페인트를 사서 벽을 칠했다. 칸막이 뒤에는 부엌이 있고 벽에 붙은 긴 테이블도 있다. 나는 그 테이블 앞에 의자를 두고 앉아서 한 조각의 빵을 먹거나 책을 읽는다. 테이블 위에는 해변에서 주운 조개와 작은 꽃병, 얼룩이 묻은 폴라로이드 사진이 있다. 개인적이고 심지어 내밀한 공간이다. 하지만 방문객들은 그 안을 들여다보길 좋아한다. 처음에는 무례한 관심이라고 여겨졌으나 이젠 당연한 일로 받아들여진다.

누구에게나 삶의 절정기가 있다고 한다. 페인트공에게도, 제본소의 견습공에게도, 가보지 않은 여름 언덕의 양치기에게도 말이다. 나는 지금 삶의 절정에 있는 걸까? 그 시기는 지난 후에 알게 될까? 지금은 절정은 아니어도 전선에 있는 날들 같다. 사투한다는 말이다. 문이 열리는 소리가 탱크 바퀴 삐걱거리는 소리로 들릴 때도 있다. 오늘이 가장 젊은 날이라고 한다. 그 말은 뭔가 서둘러야 할 것 같은 조바심을 준다. 하지만 아무리 급하다고 해도 머릿속에 어질러진 생각들이 복잡하게 얽힌 채로도 뻗어 나가는 나무뿌리처럼 조심스레 자기 길을 가길 바란다.

이곳은 개인 아틀리에나 소그룹 작업실이 아니다. 무대와 객석처럼 사려 깊은 거리가 있을 수 없다. 숨은 듯이 보이는 공간에 사람들은 호기심을 가진다. 비록 내가 불편할지언정 누구에게나 열려 있는 공간이다. 실제로 들어와봤자 부드러운 안개나 지적인 자료가 있는 게 아니다. 저 통에는 수류탄이 들어 있지 않다. 주방에는 평범하고 오래된 그릇들이 있다. 별로 볼 것이 없는 칸막이 뒤. 이따금 나는 글을 쓰러 노트북을 들고 걸어간다. 그곳에 앉아서 밤을 새우는 날이 잦다. 어쩌면 그 시간이 나의 사적인 시간이다.

알은 깨지려고 한다

무너져가는 헛간에서 활로 리라를 켜는 우울한 전주곡을 든던 꿈에서 깼을 때, 나는 오늘 하루가 쉽지 않을 것을 예상했다. 냉장고를 열었다. 계란 두 알과 풋고추 몇 개가 있었다. 궁극적으로 무슨 의미가 있는가. 궁극과 의미는 반대말 같다. 이번 달에는 문예지 두 군데의 시 청탁을 거절했다.

책방에는 수국과 장미 꽃다발이 꽃병에 꽂혀 있을 것이다. 나는 물을 갈아주러 가기로 했다. 휴일이니까 슬리퍼를 신고 가도 되겠다.

나는 텅 빈 책방에서 서가에 삐죽삐죽 튀어나온 책들

을 가지런히 정리했다. 내가 좋아해서 사둔 『데미안』은 독일어판과 한국어 번역본으로 두 권이 있는데, 2년 넘게 아무도 사 가지 않았다. 헤르만 헤세는 목사가 되길 바라는 성화에 못 이겨 신학대학에 입학했으나 자살 시도를 하곤 중퇴한다. 이후에 그는 서점에서 일하며 시인의 꿈을 키워간다.

반면에 작은 서점인 이곳에서 나는 시인의 꿈을 지워가는 걸까? 점원과 사장의 초조한 부담감 차이일까? 햇살이 서가까지 들어왔다. 수국 빛깔이 참담하게 아름다웠다. 눈물이 났다.

누전과 누수

책방 에어컨이 고장 났다. 서비스 기사가 보더니 에어컨 내부에 물을 빨아올리는 부품이 고장 나서 누수가 생기며 냉방이 되지 않는 거라고 했다. 수리비를 내는데 손이 떨렸다.

손님이 없는 시간엔 에어컨을 켜지 않고 부채질을 한다. 천장이 중세 유럽의 마구간이나 교회인 양 높아서 공간을 시원하게 유지하려면 전기료가 만만찮게 든다. 옆가게는 인테리어 공사로 복층을 만들었다.

천장에서 굵은 쇠줄로 길게 내려오는 전등은 이곳을 인수할 때부터 있었는데 전구가 자주 깨진다. 불을 켤 때

뻥 하는 소리를 내며 터지는 경우가 많아서 흠칫 긴장하며 스위치를 누르곤 한다. 오늘도 한 개가 터졌다. 얇은 유리로 만든 촛불 모양의 전구가 노랗고 밝은 빛을 내는 건 예쁘지만 실용성은 떨어진다.

이제 나는 전등을 잘 간다. 처음에는 감전될 듯 아찔한 순간도 있었다. 테이블 위로 올라가서 발꿈치를 들고 필라멘트가 끊어진 전구를 빼낸 후에 새 전구로 갈아 끼운다. 거미줄 청소도 잘한다.

창조주의 불을 훔쳐 인간에게 전달해준 죄로 프로메테우스는 코카서스 바위에 묶여 매일같이 독수리에 간이 쪼여 먹히는 고통을 당했다지. 이곳에서 사람들이 밤에도 책을 읽고 독서 모임을 하거나 낭독회를 하게끔 나는 불을 관리한다. 이따금 가슴이 아프지만, 쇄골 아래 빗장 속에서 독수리가 내 간을 쪼아먹게 놔둔다.

어쩌다 책으로 약장수처럼 살게 되었을까

3월의 호숫가는 신비하다. 수십만 그루의 나무가 있는 숲길을 모처럼 걸어보는 아침, 나는 이런 호사를 누려도 될까 갸우뚱하며 주변을 둘러본다. 마스크를 낀 사람들이 지나간다. 미세먼지로 희뿌연 대기 중에도 꿈결처럼 산책하는 이들이 있고 생애 최초인 듯 움트는 수목들이 있다. 하지만 이 숲에는 한겨울밤 술에 취해 잠들었다가 동사한 빈털터리의 벤치가 있고, 절망감으로 호수에 투신한 이가 늦도록 헤매었을 자작나무 숲이 있다.

호숫가 책방으로 천천히 걸어가 문을 열고 하루를 시작한다. 나는 하루 치의 책을 복용하지 않으면 삶의 의

욕을 잃는 불치병이 있다. 그리고 어떤 바람을 가져보는 것이다. 문학이 누군가의 일생을 바꾸고 그를 불행에서 건져낼 수 있다면, 내가 타인의 호흡을 되살릴 수 있다면 하는. 과연 작은 책방이 동네에서 문학의 실험실, 문화 운동의 장이 될 수 있을까? 국가 프로젝트 사업에 지원해 용역이나 지원금을 받는다면 '독립 책방'으로서의 정체성과 자율성, 자존감을 스스로 훼손하는 게 아닐까? 이런 고민과 질문들에 빠져 있을 즈음이었다. 그러니까 재작년 늦가을 저녁 무렵, 어떤 사람이 지친 표정으로 책방 문을 밀고 들어왔다.

그의 머리카락에 작고 마른 나뭇잎이 붙어 있었다. 그는 꽤나 먼 거리를 걸어왔다고 했다. 그가 책을 읽고 싶은데 어떤 책을 읽어야 할지 모르겠다고 말할 때 우리는 마주 보며 어색하게 웃었다. 평소처럼 내가 손님의 독서 취향을 파악하고 서가에서 몇 권의 책을 꺼내는데 그가 말했다. "제가 요즘 고민이 너무 많은데요. 상담 후에 제게 필요한 적당한 책을 추천해주시겠어요?" 그는 인근의 아쿠아리움에서 근무하는 청년이었고 현재 생활부터 과거 학창 시절과 어릴 적 얘기까지 털어놓았다. 두어 시간

줄곧 나는 듣는 입장이었다. 처음으로 듣는 게 말하는 것보다 어렵다는 생각을 했고 그의 고통과 슬픔, 위기의식이 내게 쏟아져 들어오는 것 같았다. 그는 내가 권한 시집 두 권을 샀다. 그는 다소 밝고 평안해진 얼굴로 미소까지 띠며 인사했다. 나는 쌀쌀하고 컴컴한 길을 걸어가는 그의 뒷모습을 바라보다가 책방으로 들어와 참담하면서도 아늑한 물고기가 되어 시를 썼다.

오늘처럼 인생이 싫은 날에도 나는 생각한다. 실연한 사람에게 권할 책으로 뭐가 있을까

그가 푸른 바다거북이 곁에서 읽을 책을 달라고 했다

오늘처럼 인생이 싫은 날에도 웃고

오늘처럼 돈이 필요한 날에도 나는 참는 동물이기 때문에

대형 어류를 키우는 일이 직업이라고 말하는 사람을 쳐다본다

최근에 그는 사람을 잃었다고 말한다

죽음을 앞둔 상어와 흑가오리에게 먹이를 주다가 읽을 책

을 추천해 달라고 했다

　사람들은 아무런 할 일이 없는 것처럼 보인다

　그들은 내가 헤엄치는 것을 논다고 말하며 손가락질한다

　해저터널로 들어온 아이들도 죽음을 앞둔 어른처럼 돈을
안다

　유리벽을 두드리며 나를 깨운다

　나는 산호 사이를 헤엄쳐 주다가 모래 비탈면에 누워 사색
한다

　나는 몸통이 가는 편이고 무리 짓지 않는다

　사라진 지느러미가 기억하는 움직임에 따라 쉬기도 한다

　누가 가까이 와도 해치지 않는다

　사람들은 내 곁에서 책을 읽고 오늘처럼 돈이 필요한 날에
도 팔지 않는 책이 내게는 있다

　궁핍하지만 대담하게

　오늘처럼 인생이 싫은 날에도 자라고 있다

그날 이후, 나는 책을 매개로 인간을 사랑하는 천부적 재능을 갖고 싶어졌다. 불면증의 벗을 위해 〈골드베르크 변주곡〉을 작곡한 바흐처럼. 쉽게 말하자면, 책 처방을 시작한 것이다. 그와의 대화 속에서 어쩔 수 없이 발견한 어떤 직분 같았다. 이처럼 책 처방사의 계기도 우연히 발생했다. 어릴 적, 내 심신이 책에 홀린 것처럼, 재작년 어느 날 갑자기 책방을 하지 않으면 평생 후회하리라 생각했던 것처럼, 운명처럼.

맞다. 몇 권의 책이 한 인생을 송두리째 바꾸거나 직면한 문제를 완벽하게 해결할 수는 없다. 어쩌면 책은 상처나 환부를 쓰다듬고 위로하며 덮는 게 아니라 적나라하게 까발려 첨예한 통증과 직면하게도 한다. 카프카의 말을 빌리자면 "책은 도끼다." 우리의 굳어진 사고의 틀과 얼어붙은 감수성뿐만 아니라 병든 자기 내면을 내리치는 영혼의 연장이라는 말일 것이다. 나는 오늘도 가장 시급한 자기 혁명의 일환으로 책 처방을 계속한다.

도서관 재 방문기

내년에도 5년 후에도 10년 후에도 책방을 운영할 수 있을까? 살 하나 부러진 우산을 쓰고 어깨가 젖은 채 도서관에 왔다. 버스를 두 번 갈아타고. 풍동도서관은 고양시 풍동지구 개발이 마무리되던 2008년 당시에 LH공사에서 지어 고양시에 기부 채납한 도서관이라고 한다. 개관한 지 10년을 훌쩍 넘었으나 깔끔한 외관과 세련되고 특이한 구조를 가졌다. 두 개의 동이 브리지로 연결되어 있는데 중앙 입구에 안내 데스크가 있는 A동 지하 1층으로 들어가서 산뜻한 인테리어와 환한 조명의 종합 자료실을 거쳐 좁은 복도를 지나야 사무실을 찾을 수 있다.

"계약 서류 서식 하나를 다시 만들어 오셔야겠습니다."
담당 사서는 내가 가져간 서류를 훑어보더니 반려 사유를 말하며 인상을 찌푸렸다. 도서관 도서 납품은 책방의 중요한 일 중 하나다. 경기도에서는 지역의 작은 서점들에게 책을 납품받는 제도를 진행하고 있는데, 이 제도는 작은 서점과 동네 책방의 운영에 큰 도움이 되고 있다. 나는 그런 제도가 있는 줄 모른 채 1년 넘게 책방을 운영하다가 최근에야 그 사실을 알고 '경기도 지역 서점 인증서' '사업자 등록증' 등을 제출해 이 업무를 할당받았다. 동종 업계의 사람들은 상호 교류하며 상부상조할 것 같지만, 이익 앞에서는 정보를 공유하거나 챙기지 않는다. 경쟁 사회라는 말을 실감할 수밖에 없다.

책방지기로서 나의 가장 큰 약점은 시간이 너무 없고 일 처리가 민첩하지 않은 것이다. 혼자서 거의 모든 일을 하다 보니, 정작 공공기관에서 내놓는 다양한 책방 지원 프로젝트를 찾아볼 짬이 없다. 인터넷을 통해 각종 문화재단이나 콘텐츠진흥원, 도서관협의회 등의 공고를 확인해야 하는데 개인 이메일을 확인할 짬조차 부족하다. 오늘처럼 도서관 도서 납품을 위해서는 제법 많은 서류가 필요한데 그걸 만들고 챙겨가는 일도 허술해 두세 번 걸음 하기 일쑤다. 서류에 도장을 찍지 않아서 도장을 가지러 책방으로 돌아오기도 한다. 몇 군데 시립도서관에 방문해 결재 도장을 받은 후 고양시 도서관센터에 가서 담당자에게 서류를 제출해야 한다. 사서들은 대체로 친절하고 딱딱하며 정확하다. 나는 조금 굽신거리는 자세가 된다.

'이런 서류 일들을 이메일이나 팩스로 받으면 얼마나 좋을까?' 혼잣말하며 도서관 입구의 긴 계단에 앉아 이마의 땀을 식혔다. 야외 공연장으로 사용해도 좋을 공간이었다. 경비로 보이는 아저씨가 비질을 하고 있었다. 그는 한쪽 손이 성치 않은 아픈 사람이었다.

바다가 한눈에 보이는 도서관에 간 적이 있다. 8년 전 늦가을이었다. 나는 시집 『말할 수 없는 애인』 초고를 넣은 배낭을 메고 제주도에 갔다. 원고 정리가 잘되지 않아 충동적으로 떠났기 때문에 숙소 예약도 하지 않은 상태였다. 제주공항에서 버스를 타고 애월읍 쪽에 내려 몇 군데 숙소 프런트에 들른 후 오래되고 저렴한 숙소에 짐을 풀었다. 멀리 바다가 보이는 언덕 위 숙소에는 계 모임을 하는 듯한 나이 든 부부들이 있었다. 모텔처럼 보이는 그곳엔 취사할 수 있는 작은 싱크대가 있고 소형 냉장고도 있었다.

제주에 도착한 지 사흘째 되는 날에 근처 도서관에 갔다. 걸어서 40분쯤 걸리는 곳에 애월도서관이 있었다. 열람실에서 바다를 볼 수 있는 게 너무나 황홀했다. 엎드려 자고 있는 청년의 옆자리가 가장 전망이 좋았다. 노트북을 펼치고 깍지낀 손을 뒤집어 팔을 쭉 펴는 순간에 화들짝 놀랐다. 숙소 가스레인지의 불을 끄지 않고 나온 게 기억난 것이다. 미역국을 한 솥 끓여놓으면 김치랑 밥만 있어도 외식하러 나가지 않아도 되니까 머리를 쓴 거였는데.

부리나케 나가 택시를 잡으려고 길가에서 펄쩍펄쩍 뛰었다. 지나가는 승합차를 세워 좀 태워달라고 했다. 차에 타서 사정을 설명했다. 오십 대 후반으로 보이는 아저씨의 차 안에는 온갖 공구가 실려 있었다. 망치, 톱, 못 통, 파이프 같은. 그는 철물점에 물건을 대주는 일을 한다고 했다. 가지고 있는 현금이 없어서 고맙다는 말로 차비를 대신하고 헐레벌떡 방문을 열고 들어갔다. 레인지 위의 미역국은 차갑게 식은 상태였다. 이런 걸 건망증이라고 한다. 실수와 건망증은 바다와 하늘처럼 붙어 있지만, 천지 차이다. 오늘 나는 바다가 보이지 않는 도서관 앞에서 잘못 만든 서류를 고치러 돌아가려고 버스를 기다리고 있다.

다시 와야 하는 곳이 병원이나 세무서가 아닌 도서관이어서 다행이다. 도서관이라는 공간은 다채로운 인물을 만나는 장소이며 이따금 초현실적일 정도로 삶과 죽음의 비밀을 탐색할 수 있는 우주적인 장소이다. 무라카미 하루키 소설 『해변의 카프카』의 배경이 되는 '고무라 기념 도서관'처럼 인생은 참으로 근사하고 세계란 흥미진진하며 살 만한 가치가 있다고 말해주는 드문 장소이기 때문이다.

아무도 없는 곳으로 가면

한여름 산사였다. 이맘때였을 것이다.

노스님이 동자승들에게 사과를 하나씩 나눠주었다.

– 이 사과를 얼른 먹고 돌아오너라. 단 아무도 안 보는
데서 먹어야 한다. 멀리 가지 말고. 해가 지기 전에 돌아
와야 한다. 누가 제일 먼저 돌아올는지.

동자승들이 속히 하나둘 돌아왔다. 천둥벌거숭이처럼
달려오는 아이도 있고 증거로 사과 꼭지와 씨방을 들고
온 아이도 있었다.

그런데 어두워지도록 한 녀석이 돌아오지 않았다.

그 아이를 찾아보니 절 마당 한구석에서 눈물 콧물을 펑펑 쏟으며 울고 있었다.

- 넌 왜 그러고 있느냐? 여태 사과 한 알을 쥐고 있구나.
- 저는 한 입도 못 먹었어요. 아무도 안 보는 데를 아무리 찾아도 없어요. 해가 숨으면 구름과 바람이, 바위 옆에는 작은 뱀이, 나무와 꽃들이 다 보고 있어서요.

'일파만파 낭독회'에 초대 작가로 오셨던 유안진 시인께서 내게 들려주셨던 얘기인데, 늦은 점심을 먹으며 문득 생각났다. 끝내 사과를 못 먹은 동자승이 내 맘에도 살고 있었는데, 이젠 얼어 죽은 거 같다. 목이 메었다. 그냥 사과가 먹고 싶다는 말을 하려는 건 아니다.

간밤에 비바람이 몰아쳐서 문과 벽에 붙어 있던 포스터, 플래카드, 배너가 날아갔다. 찾을 수가 없다. 나도 숨고 싶다. 하지만 이 넓은 세상에 숨을 곳이 없다. 심란해서 울고 싶다. 멀리 날아간 걔네들은 속세가 싫었나? 거기인들 아무도 없겠냐고!

반년 만의 반쪽짜리 헤엄

대다수 직장인들에게 토요일은 휴무일이겠지만 오늘도 나는 책방에 나와 서가를 정리한다. 사람들이 안 와도 걱정, 너무 많이 와도 걱정이다. 내가 아끼던 책을 사가는 사람에게 고마움과 서운함을 느낀다. 내가 읽었던 책은 흔적이 남아서 싸게 판다. 문장 아래 밑줄이 그어져 있거나 접힌 페이지가 있어서 팔 수 없다고 해도 오히려 그게 좋다며 사 가는 사람이 있다. 책은 날개를 퍼덕거리며 "굳이 나를 멀리 보내야겠어?"라고 묻는 것 같다.

그리웠던 사람만 아주 가끔 만났다. 고고하고 진지한

척하지는 않았지만 어쩌다 모임에 가도 싫은 사람이 있으면 얼른 나왔다. 짜증 나고 비관적인 마음이 들 때는 방에 틀어박혀 며칠간 나오지 않거나 배낭을 둘러메고 훌쩍 떠났다. 한국이 싫어서 견딜 수 없을 때는 외국 대학으로 가기 위해 여기저기 지원서를 보냈다. 독일 베를린 대학과 슬로베니아 류블라나 대학에서는 한 학기 이상 머물렀고 미국 인디애나주의 노트르담 대학, 프랑스 파리에 있는 이날코 대학에서는 특강을 했다.

보고 싶었던 정다연 시인에게 연락이 왔다. 아프리카에 다녀오면서 와인을 사 왔는데 나와 함께 마시고 싶다고 했다. 우리는 저녁에 한 작가가 운영하는 레스토랑에 들러 콜키지를 내고 와인을 마시며 저녁 식사를 했다. 레스토랑 주인인 작가에게도 한 잔 권했다. 내가 들뜬 마음으로 한 달 후에 책방을 열 계획을 말하자 그는 "지금 상가 계약금을 포기하고서라도 하지 않는 게 좋을 거"라며 헐거우면서도 단호하게 말했다. 먼저 사업을 시작한 선배 작가여서 조곤조곤한 조언을 구하고 싶었지만 그럴 분위기가 아니었다.

멀고 먼 아프리카에서 온 와인의 알코올 도수가 높았던 걸까? 그날 저녁, 나는 층계를 내려가다가 한 번 주저앉았다. 그리고 비틀거리며 일어나 다시 층계를 내려갔다. 삶의 질퍽한 바닥을, 생의 정면과 이면을 막막하게 더듬거리는 날들이 시작되었다. 다락방에 갇힌 마녀처럼 울부짖고 싶은 밤이 많았다. 책방을 시작한 지 이제 고작 반년째, 뻣뻣하게 굳은 사지로 안개 속을 헤엄치는 심정이다.

2017년 10월 마지막 날에 첫 낭독회를 열었고 그 이후로도 매달 두세 차례 크고 작은 행사를 했다. 모든 행사는 참가비로 만 원을 받고 다과를 무료로 드린다. 내일 있을 '책방이듬 일요초대석' 같은 행사는 참가비가 없다. 대신 음료 한 잔을 주문해달라고 공지한다. 나는 다과를 준비하기 위해 며칠 전부터 몇 차례 장을 봐온다. 커피 원두와 음료부터 머핀이나 비스킷, 과일 등을 싸게 사려고 대형할인마트까지 걸어간다. 무거운 장바구니를 들고 돌아오면 양팔이 1센티쯤 길어진 것 같다.

나는 매일 오전 10시 30분부터 자정 가까이 책방 일을 한다. 혼자서 모든 일을 도맡아 하되 정부의 지원금을 받거나 기업 혹은 출판사와 협업하지 않는 '1인 독립 책방'의 정체성을 유지하고 있다. 밤에 행사 포스터를 만들고 다음 날 아침 일찍 문구점에 가서 포스터를 출력하고 코팅한다. 짬짬이 SNS를 통해 책방을 홍보하고 손님을 모은다. 이제 나에게는 개인적 삶이 없다. 퇴근하고 집에 오면 씻지도 않고 쓰러지기 일쑤다. 외투를 입고 잠든 날이 허다하다. 하루는 목이 긴 컨버스 운동화의 끈을 풀 기운이 없어서 현관 앞에 앉았다가 그대로 쓰러져 아침까지 잔 적도 있다.

사정을 모르는 사람들은 내가 책방을 굉장히 잘 운영하는 줄 안다. 행사가 있는 날엔 문밖까지 손님으로 시끌벅적하니까 장사가 잘되는 줄 아는 것 같다. 작년 연말엔 경찰차가 왔다. 순경이 무슨 일이냐고 내게 물었다. 차량이나 지나갈 뿐 인적이 거의 없는 한길 가에 사람들이 우글우글 모여 있어서 무슨 사고가 난 줄 알았다는 것이다.

하여튼 돈을 모으기는커녕 그간 국내외 대학으로 강의를 다니며 알뜰히 모았던 돈을 다 날렸다. 10여 년 모은 돈이 반년 만에 다 사라졌다. 월세와 관리비를 내고 책을 주문하고 행사를 진행하며 지금까지 인건비를 단 한 푼도 건지지 못했다. 건강이 나빠졌고 스트레스성 탈모가 겹쳐 몰골이 말이 아니다. 세면대에서 손을 씻고 나서도 되도록 거울을 보지 않으려고 한다.

아무도 시키지 않은 사업, 나는 이 사업에 골몰해 있다. 7개월 전쯤, 선배 작가가 했던 말이 지금에야 심장을 관통하는 느낌이다. "동료 작가들을 이용해서 가게를 운영할 생각이면 지금 당장 상가 계약을 파기하고 없던 일로 하세요." 그분 말이 틀리지 않았다. 작가로서 레스토랑을 운영하며 겪은 쓰디쓴 일들이 녹아 있는 조언이었으리라. 초대 작가들의 시간과 노력을 생각해볼 때, 나는 사례비 몇 푼을 들고 그들의 문학을 좀먹었다는 걸 깨닫는다.

초봄이다. 안개비 내리는 토요일 낮이다. 하늘에서 오

는 건 무조건 다 좋다. 비와 눈송이, 벼락과 천둥, 심지어 미세먼지까지. 그것들이 헬기에서 내려주는 구호 물품도 아닌데 살아갈 힘을 준다. 지금도 울면서 이 글을 쓰고 있다. 나는 내 몸에서 흐르는 것들을 좋아한다. 노래가 입술에서 흘러나오는 날은 적어졌지만, 눈물과 땀을 흘리는 날이 곱절 많아졌지만, 아무튼 내 몸에서 배출되는 물기들이 좋다. 피와 냉, 오줌도. 글도 내 몸에서 손가락을 통해 흘러나오는 물질 같다. 흘러나오는 이것들이 이따금 구질구질하고 지저분해 보이기도 하지만 살아 있음을 느끼게 해준다. 일기도 아니고 넋두리도 아니고 시는 더더욱 아닌 이 글을 나는 쓴다. 열심히는 아니고 마치 배가 고파서 밥을 먹는 아이처럼. 뭔가 쓰는 것은 사람의 기본적이고 자연스러운 욕구다.

책방에서 나의 방을 생각하다

해가 뜨면 내 방은 밝아진다. 창이 하나 있다. 창밖에
는 우거진 나무 한 그루. 방의 한구석에는 단순하고 기
하학적인 그림이 걸려 있다. 적막하고 고독한 기분을 주
는 방. 그런 방이 내게 있었으면 좋겠다. 내가 사는 방은
끔찍하게 길디긴 층계가 있어 방문객들에겐 고통을 줄
것이고 나에겐 사생활을 보장해줄 것이다. 나는 어떤 식
으로든 결코 스스로를 낭만화하거나 젊은 시절을 극적
으로 묘사하는 일도 없을 것이고 희망적 관측에 빠져드
는 법도 없을 것이다. 심지어 막연하게라도 대중적 찬사
에는 관심을 두지 않을 것이다. 나는 오로지 나만을 위

해 작품을 쓴다고 말할 수 있기를 바란다. 나는 시인이 논할 수 있는 가장 덧없는 장면을 정면으로 부딪쳐 가면서 문장을 다루기를 원한다.

"난 내 작품이 의사소통하면 좋겠어. 하지만 그렇지 못한다 해도 그 또한 괜찮아. 난 글을 쓸 때는 독자들을 생각하지 않으니까, 전혀."

나는 기질적으로 작품과 같은 사람이었다고, 동일시해도 무방할 정도로 그러할 것이다.

깊은 겨울에는 바닷가의 방에서 백사장을 가로질러 임시 도로를 따라 운전해오는 사람을 기다릴 것이다. 육신의 기운이 빠진 채 축 늘어져 있더라도, 인생에 세 명 정도의 친구는 필요하니까. 나는 느릿느릿하게 행동하며 근엄하고 완고하며 검소하고 쌀쌀맞을 정도로 간결한 말투로 대답하는 노인이 되지 않을 것이다. 불가능해 보이는 일을 무가치한 일로 치부해버리는 어른이 되고 싶지는 않다. 내가 노인이 되면 책방에서 보낸 그 몇 해 전부가 비극적 손실이라고 생각해 의기소침하지 않을 것이다. 책방 때문에 시를 과작해서 몸이 아팠던 것을, 시를 쓰는 행위가 영양분을 섭취하는 것이란 걸 그때도 알고 있었다고 말할 것이다. 나는 비참한 심정에 타협하려 하지 않았던 것을 후회할지 모른다.

웃지 않는 사람

11월이다. 달력의 큰 숫자 11은 앙상한 나무 같다. 이 맘때 나는 막 지펴질 땔나무처럼 건조해진다. 마음은 벌써 불안과 체념이 교차하는 연말이다. 임박한 책방 이전 일을 앞두고 낭독회를 열었다. '우리들의 낭독회'라는 제목으로 스무 명의 참가자가 자작시나 애송시를 읽었다.

그날은 10월의 마지막 날이었다. 더불어 살기 위해 스스로를 고립시켰던 이들이 호숫가 작은 책방에 모였다. 모처럼 모여 화기애애하게 어울렸다. 모두 마스크를 썼지만 표정을 다 숨길 수 없었다. 즐겁고 행복해서 웃는 이가 있었고, 어색해서 웃는 이도 있었고, 웃어야 하기에 웃는 이도 있었다. 요즘 세상에도 시를 쓰고 읽는 사람들이 있다는 사실에 웃어야 할지 울어야 할지 모르겠다는 흔한 말로 나는 오프닝 멘트를 시작했다.

예닐곱 분의 낭독이 이어진 후에, 한 사람이 손을 들었다. 자기가 먼저 시 한 편을 낭독해도 되겠냐고 물었다. 곧 병원에 가야 하기 때문이라고 했다. 그는 아예 나갈 채비를 하고 문 앞에 서서 시집을 펼쳤고, 웃음기 싹 가신 진지한 표정으로 말했다. "최근 중고 물품 거래 플랫폼에 '아기를 팔겠다'고 내놓은 사람이 있었지요. 그래서 저는 오늘 이 작품을 읽어보겠습니다."

병원비만 내 주세요 인터넷 거래는 쉬웠다 최소한의 지문도 찍지 않은 몸 핏기 없는 달덩이 싸매고 사라지는 젊은 부부 중요한 건 여담 아기 바구니까지 차비 들 일 없다

마을의 모든 소가 구덩이를 향해 가고 구름을 보기 전에

폭우가 내리던 날 오오 보드라운 머릿결은 허벅지 사이에서
나타났다 사라졌다가 다시

  목숨을 걸 만큼 재밌는 게 없을까 저건 뭘까 강물 속으로
걸어 들어간다

  강 너머 흰 원 안으로 빨려 들어가는 둥그런 거

  그가 낭독한 내 시의 일부만 여기 옮긴다. 작품 제목은
「표류하는 흑발」이다. 흑발의 여고생은 미혼모가 되었다.
원치 않는 아기였다. 그녀는 인터넷 사이트를 통해 아기
를 살 사람을 물색했다. 불임을 고민하던 젊은 부부가
미혼모에게 와서 출산 병원비를 지불하고 아기를 데려가
는 이야기다. 어떻게든 살아보려고 했던 미혼모는 폭우
가 퍼붓는 강물 속으로 걸어 들어가서 홀연히 사라진다.
시도 때도 없이 헛것을 보았거나 죽고 싶을 정도로 우울
하고 슬펐을 것이다. 오늘 아침에도 자살한 이가 있다.

  시쳇말로 '갑분싸'였다. 갑자기 낭독회 분위기가 싸늘
해졌다. 「표류하는 흑발」을 읽자마자 그는 문을 밀고 떠

났지만, 남겨진 우리들은 당황스러웠다. 만추의 석양빛이 스며드는 책방에서 우리는 눈이 부신 듯 인상을 찌푸렸다. 나는 펑펑 울어버리고 싶은 나날들과 꾹 참아왔던 꺼림칙한 감정이 노출되는 기분이었다.

웃을 일이 드문 시절이다. 타인을 조롱하거나 야유하려고 웃는 사람들은 제외하고. 웃을 일이 거의 없는 사람들이 살아가고 있다. 흔치 않은 지인들과의 모임에서 내가 괴로운 심정을 토로하면 "분위기 좋은데, 판 깨지 마라. 우리 다른 이야기 하자"라는 이가 있다. 울적하고 우울한 기분은 확산·전염된다고 하면서 내 입을 틀어막는다.

사랑받는 사람은 환하다. 인상 좋은 사람들은 주로 웃는 상이다. 그들 주위로는 사람들이 모여든다. 사람들은 자신을 웃게 만드는 이를 필요로 한다. 문학 판만 해도 수상식장은 잔치 분위기다. 뉴스를 보면 동인문학상이나 목월문학상, 대산문학상 등 상금이 클수록 사람이 많이 몰리는 것 같다. 수상자들이 싱글벙글하지만, 정작 그 내

면은 행복하기보다 복잡할 것이다.

올해는 재앙의 한해였을까? 근 10개월 지속되는 코로나19 상황에 익숙해지면서 무기력해진다. 매일 우울한 기분이 드는 게 이상하지 않다. 하지만 우울감에 잠식당하지 않으려고 거울을 보며 억지로 웃을 때도 있다. 그럴 때 나는 미친 사람 같다. 모두 웃을 때 웃지 않으면 이상한 사람 취급받는 사회에서 조금 미쳐야 살 수 있을 것 같다. 극심한 고통이나 절망감, 결별의 슬픔이 있어도 담담하게 털어놓을 데가 없다.

"너 왜 그래? 큰 상도 받았다면서. 상금이 없어서 그러냐?" 어제도 이런 말을 들었다. 상금 때문에 시 쓰는 사람은 없다. 내가 시무룩해도 그러려니 하면 좋겠다. 나의 자연스러운 표정은 무표정에 가깝고 입꼬리가 좀 처진 거다. 상을 받았으니 기뻐야 한다. 책방도 장사니까 웃어야 손님도 오고 복도 온다, 시인이니까 품위를 지켜야 한다, 여자라서 싸워봤자 손해니까 참아야 한다는 등의 조언은 잘못 틀어놓은 라디오 같다. 그리하여 나는 거절한다. 계속하라는 말도, 접으라는 조언도. 보이는 게 다가 아니다. 누구의 삶이나 죽음에 대해서도 낄낄거리며 지껄이면 안 된다.

근무지

근무지가 있다는 건 좋은 일일까? 근무지를 이탈해 영화관에 가고 싶은 저녁. 〈레토〉라는 영화가 개봉했다고 한다. 나는 빅토르 최의 음악을 좋아한다. 하지만 지금 여긴 손님들이 있다. '시간이 나면'이라고 중얼거리며 미루고 미룬 일이 무수하다. 이 땅이라는 근무지를 떠나는 날에 어떤 후회를 할까? 최소한 '책방을 해볼걸' 그런 소리는 하지 않겠지. 내가 나를 만나는 멀고 긴 여행이었다고 느끼겠지, 사람을 평가하느라 사람을 사랑할 수 있는 행운을 놓쳤다며 탄식하려나? 그때 가쁜 심호흡을 하며 너무 늦었다고 말하기는 싫은데.

하필이면 코로나라서

사나흘째 감정이 복받쳐 있었다. 이대로는 안 되겠다 싶었다. 오늘은 휴대전화를 던져두고 아무도 없는 해변으로 가고 싶었다. 하지만 바닷물 대신 수돗물에 몸을 담그는 게 현실적 선택이었다. 출근길에 목욕탕에 들렀다. 책방 옆 건물 지하에 24시간 영업하는 불가마 사우나가 있다.

누군가 내게 다가왔다. 뿌연 거울로 보니 튼튼한 하체의 맨살이 보였다. 나는 온몸에 비누 거품을 묻힌 채로 뒤돌아보며 눈을 휘둥그렇게 떴다. "맞죠? 시인인 줄 몰랐지 뭐예요. 저번에 내가 무례했다면 사과하려고……."
그녀는 몸을 숙여 내 면전에서 자신의 손바닥을 마주쳤
다. 며칠 전 책방에서 찾는 책이 없다고 짜증스러워한 걸
미안하다고 했다. 축하한다고도 했다. 등을 밀어주겠다
는 호의에 나는 엉거주춤 플라스틱 의자에서 일어나 아
니다, 괜찮다, 감사하다며 손사래 쳤다. 바다에 빠져 허
우적거리는 사람처럼 보였을 것이다. 도대체 무슨 일이
일어난 거지.

블랙코미디 장르라고 할 수 있겠다. 지난달에 받은 시
나리오 제목은 「하필이면 코로나라서」였다. 박성경 작가
가 시나리오를 써서 책방에 와 단편영화를 찍자고 했던
건데 농담이 아니었다. 지난주에 책방에서 시나리오를 리
딩하고 동선을 체크했다. 오늘 오전 11시에 책방에서 진
짜로 촬영을 시작한다. 이 영화의 스토리는 단순하다. 하
필 코로나19 시절에 첫 소설책을 출간한 작가가 어렵게
마련한 첫 행사인 '저자와의 만남'에 독자가 오지 않는
상황을 그리고 있다. 허구가 아니라 직면한 현실을 담은
것이다. 엄청난 카메라와 장비를 사용하지 않고 스마트

폰으로 찍는다. 유명 배우를 섭외한 게 아니라 시나리오
작가, 음악 감독 그리고 책방에서 일하는 나와 단골손님
이 배우로 출연한다. 작가와 친한 촬영감독과 프로듀서
가 자진해서 도와주어 일사천리로 진행된 작업이다.

박　(냄새 맡으며) 꽃말이 뭐니?

김　(동시에 냄새 맡으며) 몰라.

박　시인이 장미꽃 꽃말도 모르다니 말이 돼?

김　원랜 알았거든? 너도 카페에 하루 손님 한두 명
　　와봐라. 머릿속이 새하얘져서 아는 것도 다 까먹어.

오늘 우리가 만들 영화의 시나리오에는 이런 대목도
있다. 실제로 꽃말뿐만 아니라 좋아하는 음악도, 그 음
악을 같이 들었던 사람의 이름도 가물가물하다. 여기서
끝나도 어쩔 수 없다는 심정으로 올 한해의 코로나 사태
를 목격하고 있었다. 어쩌면 마지막으로 이 시절을 영원
히 필름에 남길 수 있겠다 싶어 영화 촬영에 흔쾌히 응한
점도 있다. 15분 정도 혹은 더 간결하게 작업해 내년 초
에 있을 예천 스마트폰 영화제에 출품할 예정이다. 호숫

가의 작은 책방에서 찍은 독립영화에 책방지기의 지난 3년간의 삶이 묻어나지는 않겠지만 사소하게나마 추억이 될 수 있을 것 같다. 다음 달이면 사라지게 될 여기, 책방 이름을 담는 거니까 기분이 남다르다.

목욕탕에서 서둘러 나오느라 머리카락을 말리지 못했다. 책방 창가에서 가을 햇살을 쐬며 커피를 마시는데, 감독과 스태프들 모두 도착했다. 값싼 항공사 창가 쪽 좌석에 앉아 이륙을 기다리던 기분이 날아갔다.

"책방이 아니라 꽃집이네. 이렇게 많이들 축하해줬구나. 옜다 꽃다발, 수상 축하해!" "책방 앞에 플래카드까지 걸어두고 잔칫집이 따로 없군요." "설마 기분이 울적한 건 아니죠?" 나를 보며 한마디씩 한다. 웬걸, 나는 눈물이 그렁그렁한 걸 들키지 않으려고 주방으로 뛰어가며 뭘 마시고 싶은지 물어봤다. 이곳에서 네 번째 가을을 보내고 있다. 첫날부터 싱크대에 더운물이 나오지 않았지만 매일 손 시린 줄 모르고 설거지를 했다. 책방에서 만나 차츰 우정을 나누게 된 사람들이 플래카드를 제작해와서 지난밤 외벽에 붙여놓고 간 걸 오늘에야 보았다. 커다란 보라색 천에 "경축, 책방 언니 김이듬 시인, 전미번역상 수상, 루시엔 스트릭 번역상 수상, 영국 사라 맥과이어상 최종 후보 선정"이라고 적고 내 사진과 시집 사진을 새겨넣은 거였다. 동네방네 소문나지 않을 수 없겠다.

나흘 전 아침, 느닷없이 기자들이 전화를 해왔다. JTBC 저녁 뉴스에도 나왔다며 지인이 전화를 했다. 이어지는 메시지와 전화, 꽃바구니와 화분, 선물을 가져오는 이도 있었다. 한국문학번역원 원장님은 꽃다발과 카드를, 문체부 장관님은 축전을 보내왔다. 작년에 미국에서 번역되어 출간된 『Hysteria』가 한꺼번에 두 가지 번역상의 최종 후보로 선정된 건 알고 있었지만, 수상할 거라고는 전혀 예상하지 못했다. 처음 소식을 접하곤 눈물이 쏟아졌고 차차 실감이 나며 기뻤다가 이후엔 복잡미묘한 심정이 되었다.

7년 전에 『히스테리아』 시집 원고를 문학과지성사에 투고했다. 조마조마했는데 다행스레 출간이 결정되어 이듬해 내가 붙인 가제 그대로 시집이 나왔다. 그 시집에 실린 작품 「시골 창녀」로 인해 나는 무척 곤혹스러운 일을 겪기도 했다. 당시 국제펜클럽 행사에서 나는 내 차례가 되어 시를 낭독했다. 그토록 많은 국내외 작가 앞에서의 낭독은 드문 일이었지만 별로 떨리지 않았다. 뒤에서는 긴장하고 떨다가도 시를 손에 들고 무대에 올라가면 지나칠 정도로 또렷이 사람들이 보인다. 나를 꾸짖거나 비난하는 사람들도 이 순간만큼은 내 목소리를 들어줄 거니까. 나는 시를 가지고 나의 신세와 세계와 마찰하려는 사람이니까.

「시골 창녀」를 읽고 다음 시를 낭독하려는 순간, 객석에서 큰소리가 났다. 한 사람이 무선 마이크를 들고 뭐라고 외치는 거였다. 상상초월의 사태라서 내 귀가 순간적으로 멀었다. 그는 나를 향해 삿대질을 하며 성큼성큼 앞으로 걸어왔다. "이 자리가 어떤 자린데, 그따위 추잡스러운 걸 읽어? 그게 시야? 그게 시냐고!" 나는 그와 눈을 마주칠 수 없었다. 그는 잘 차려입은 양복에 모자, 선글라스를 쓰고 있었다. 그는 나의 작품을 혐오하는 발언을 계속했고 나는 저절로 주저앉았다. 행사 스태프들이 나를 부축해 밖으로 나갔다. 이후 다음 섹션으로 넘어가기 전에 잠시 콘퍼런스가 중단되었다고 들었다.

책방에 오는 주민들에게 선뜻 시인이라고 말하지 못한다. 나는 손님들에게 나를 '책방 언니'라고 소개한다. 편의점에 가도 "책방 언니 오셨네. 이거 먹고 힘내요" 그러면서 유통기한이 막 지난 삼각김밥이나 에그 샌드위치, 우유 등을 챙겨준다. 나는 작품을 쓰는 깊은 밤이나 새벽에 시인으로 변신하기 때문에 사사롭게 뭐라고 불려도 자존감에 상처받지 않는다. "어이, 이봐요. 손님이 왕이잖아. 커피 리필은 기본 아니야?" 그러는 분께 여기서는 다 평등하다고 말씀드린다.

나는 꿈을 꾸었을 것이다. 그것은 내가 좋아하는 보라색, 초록색 등 자연스러운 숲의 천연색이었지만 실제로는 내가 즐겨 입는 옷처럼 무채색의 그림자를 가지고 있었다. 내가 쓴 시가 독자들에게 고귀한 무엇으로 스며들지는 못해도 계속 써도 좋다는 지지를 이즈음 받은 것 같아서 좋다. 하필 미국에서 수상하고 상금은 번역자에게 다 가지만, 수상하거나 상금 받으려고 작품을 쓰는 작가는 없다. 모국어로 쓴 시를 혐오하고 배척한 사람도 있었지만 나는 그를 이해하려고 애썼고 작년엔 납득이 갔다. 자신이 지닌 문학적 신념을 안전하게 지키고 싶었을 그 사람에게 나는 어떤 타격과 분노를 준 거였겠지.

크게는 작가와 책방 언니, 대학교 선생 사이를 오가며 살아가고 있다. 나는 그 틈에 끼인 존재 같다. 정체성이 없으며 삶에 무능하다는 걸 나날이 깨닫는다. 어떤 날은 내 마음속에서 속삭이듯 들리는 소리가 있다. 엄살 말라고, 모든 사람이 너만큼 삶에 고군분투하고 있다고.

아직 나는 살아 있다. 3년 이상 책방을 유지했다. 망하거나 까무러치거나 도망치지 않은 건 많은 방문객과 초대 작가들 덕분이었다. 특히 책방을 자신의 공간만큼 좋아하는 벗들이 있어 코로나19에 잠식당하지 않고 다 털리면서도 버틸 수 있었다. 이제 곧 더 멀리, 더 낮은 곳으로 간다. 보증금과 월세가 낮은 변두리의 모서리로 가지만, 바닥을 쳤지만 지하실은 아니다. 이동하는 건 설레는 일이고 도전하는 건 작가의 책무라고 어제 일기에 적었다.

아무튼 오늘은 난생처음 배우가 된다. 나의 배역은 '시인'이다. 짧은 독립영화지만 대사를 외우기가 어렵고 길게 느껴진다. 인생도 어쩌면 단편영화고 내가 다다라야 할 삶도 시인이겠지. 나는 책방 칸막이 뒤에서 등장하도록 연출되어 있다. 책상을 재배열하는 소리가 들린다. 큐 사인을 기다린다.

2부

그녀의 입술은 따스하고

당신의 것은 차거든

동지

올 것들은 돈 주지 않아도 온다. 밤이 그렇고 겨울이 그렇고 죽음 또한 그러할 것이다. 그땐 아득했고 지금은 막막한 이들 앞에, 예열하지 못한 작은 방 안 추위처럼 가만히 사랑이 당도하기를.

개와 늑대의 시간

　문병 왔다. 친구가 다리가 부러져 수술하고 입원 중이
라고 해서. 그는 작은 정형외과 작은 병실에 누워 있다.
창밖에는 버드나무가 가지를 늘어트리고 있다. 암청색
저녁이 온다. 개인지 늑대인지 알아볼 수 없이 어둑해지
는 시간이라고 하지.

　어쩌다가 떨어진 거니? 뭐? 석 달이나 입원해야 한다
고! 오래 살아야지.

　그가 침상에서 간신히 내려와 목발을 짚고 주스를 꺼
내준다. 내가 많이 아파 보인다고 한다. 몸이 더 깡마르
고 머리칼도 훨씬 더 빠졌구나. 과로하지 마. 나보다 오

래 살아야지.

오전엔 책방에서 일하고 오후엔 대학에서 5시간 강의를 마치고 여기로 달려왔다. 스트레스성 원형 탈모로 정수리에 흰 접시 하나 올려놓은 모습. 우리는 위치를 바꿔 그는 의자에, 나는 침상에 세상에서 가장 외롭고 힘겨운 인간처럼 앉아 있다.

깨어보니 두 시간쯤 지났다. 좁은 침상에서 잠든 것이다. 세상모르고, 세상에서 가장 몰염치한 사람처럼. 사랑하는 반려가 되면 좋겠다고 생각했는데 나를 만신창이로 물어뜯어 놓고 떠나간 사람을 꿈에 만나기까지 했다. 미안, 불 좀 켜줄래? 좀 더 자. 얼마나 잠 못 자고 피곤했으면. 아픈 친구가 나를 간호하듯 침상 옆에서 지키고 있었다.

의심

나는 잘 참는 편이다. 대체로 큰일이라고 말할 수 있는 것들에 관해. 다르게 말하면 미련한 편이다. 그냥 무턱대고 낙천적으로 생각하는 버릇도 있다. 기쁨 속에 불안이 있고 절망 속에 꿈이 생겨나서 둘이 분리가 안 될 때가 많다. 사소한 일에 폭발하기도 한다.

무턱대고 참다가 치과에 갔다. 예전에 때웠던 어금니가 폭삭 썩어서 빼야 했다. 의사가 말했다. "이 뺀 자리에 혀를 자꾸 갖다 대면 잇몸이 잘 아물지 않습니다." 그는 임플란트를 권했지만 나는 좀 더 생각해보겠다고 했다.

무의식적으로 왼쪽 어금니가 있던 자리에 혀끝을 넣어

보다가 깜짝 놀란다. 한 솥에 삶아도 익었나 안 익었나 찔러본 감자는 빨리 상한다. 의심은 그런 거다. 사랑도 마찬가지다. 사랑하는지, 왜 사랑하는지 묻는 사람과는 관계를 끊는 편이 좋다. 의심은 옳는다. 서로의 심중을 찔러보다가 서로를 빠진 치아처럼 툭 뱉는다.

보존의 의무

빈센트의 작품들은 그의 분신이라 할 수 있는 동생 테오가 보관하다가 그도 죽자 그의 아들 빈센트 빌럼 반 고흐가 보존의 의무를 갖게 된다. 200여 점의 그림과 500점의 드로잉을 상속받은 것이다. 주목할 만한 것은 그가 자신이 물려받은 그 어떤 작품이나 드로잉도 팔기를 거부하는 단호한 의지를 가지고 있었다는 것이다. 처음부터 그의 목표는 자신이 소장하고 있는 삼촌의 작품들이 국립 기관에 안전하게 걸려 있는 광경을 보는 것이었다. 1948년 네덜란드는 여전히 나치 점령의 후유증을 극복하는 중이었고, 쪼들린 삶의 징후들이 도처에 널려 있었다. 그 자신도 식량과 땔감이 없는 모진 신세였다.

책방에는 그림이 몇 점 있다. 김재진 작가의 그림, 조병완 작가의 그림, 그 외에는 복사본이다. 내가 가장 먼저 책방에 건 그림은 빈센트의 〈꽃이 핀 아몬드나무〉이다. 빈센트는 곧 태어날 조카 빈센트 빌럼 반 고흐를 위해 이 그림을 그렸고 6개월 후에 자살한다. 알다시피 형 고흐가 자살한 후 동생 테오는 6개월이 채 지나지 않아 요양소에서 숨을 거둔다.

나는 이 그림을 볼 때마다 참기 어렵게 사무치는 봄을 느낀다. 봄이 오는 소리를 듣는다. 그리고 언젠가는 암스테르담 미술관에 가서 빈센트의 작품 원본들을 보고 싶은 마음이 아몬드나무꽃처럼 만개한다. 동시에 그의 조카가 물려받은 반 고흐 작품 컬렉션을 보는 일은 진심을 간직하는 사람의 숭고를 경험하는 일이기도 할 것이다. 빈센트가 조카를 위해 아픈 몸으로 그림을 완성했던 것처럼 부족한 나를 사랑으로 살펴준 사람들을 나는 기억할 것이다. 그의 조카가 그를 기리는 방식처럼 그들을 잊지 않을 것이다. 그 사랑을 기억하는 방식이 계산적이거나 이기적이지 않기를 바란다.

책방에서 도망치고 싶을 때 나는 저 그림을 쳐다본다. 이웃과 지인들이 보여준 호의를 생각한다. 부지불식간에 가지게 된 걸까. 보존의 의무. 이곳을 유지할 의무라거나 이 일을 지속할 용기를.

흐릿한 안도

여긴 참 예쁘네요, 대여용 자전거를 타고 호숫가를 돌던 두 사람이 내 곁에 멈춰 선다. 나는 길을 물어보기 쉬운 사람이다. 나는 호수에서 멀어지는 여러 갈래 길을 안다. 숲의 사계를 안다. 그들에게 파스타를 잘하는 집을 알려주었다.

속상할 때 나는 호수 근처 어딘가에 있다. 얼굴을 물속에 비춰보지 않고 물 위에 글씨를 쓰지 않으며 수중생물을 관찰하지도 않는다. 넘실거리는 물맛을 모른다. 단지 이따금 나는 호수 둘레를 천천히 걷는다. 호수와

나 사이의 거리를 지켰다. 여백이 있는 노래처럼.

밥 말리가 좋아 자메이카로 여행 가려 했지만 가지 않았다. 음악으로 충분히 그를 만났다. 내 마음은 바람처럼 바뀌는 날이 많았고, 책방의 종이컵보다 많은 후회 쌓기를 좋아했다.

"왜 떠나지 않니? 굳이 호숫가에 머물 이유 없잖아?" 커피 마시며 친구들이 물었다. 내 사업이 실패할 것이라고 말했지만 나는 침묵한다, 나무가 새들에게 그러하듯.

나는 나무와 같이 한철 머무는 새를 사랑했다. 새들은 나무를 사랑할 때마다 날개를 접어야 해서 자신의 전부를 보여주기 어려웠다. 추위가 심해지지 않아도 먹이가 모자라지 않아도 철새는 떠났다, 철새니까. 나무는 환송한 새의 수만큼 가지를 만들었다. 시절인연처럼 계절이 오고 갔다. 다시 동일한 이름의 계절이 왔지만 예전 같지 않았다.

나는 길을 물어보기 쉬운 사람이다. 아무런 결정도 하지 않고 희미하게 소음이 들리는 숲에 서 있다. 사람들이 다가올 때마다 멈칫 놀란다. 로컬 푸드 파는 식당을 물어보거나 임시 숙소, 관공서 따위를 물어올 때면 이방인처럼 머뭇거리기도 한다.

숲과 호수는 가까이 있다. 서로 투사하되 범람하지 않는다. 때때로 죽은 나뭇가지가 물 위에 떠다닌다. 나는 사랑하는 이들 곁에 있지만 내 피부처럼 호수 둘레를 유지할 것이다. 호수 안으로 걸어 들어가거나 빠지지 않을 것이다.

관광객들이 보트를 타고 호수에 들어가는 오후에도, 아무도 오지 않는 계절에도, 나는 호숫가에 서 있다. 호수를 좋아하지만 접촉하지 않는다. 내가 몰라도 되는 것을 증명하는 사람과 비밀이 없는 사람을 신뢰하지 않는다. 나는 선을 유지하며 증상 없는 사랑을 실험한다.

나는 호수에서 멀어지는 아홉 갈래 길을 안다. 숲의 사계를 안다. 늦은 저녁에 갈라지는 사람들은 흐릿한 안도를 느끼며 집으로 간다. 나는 우울도 울분도 없는 마음을 둔중한 발로 옮기며 아주 어두운 숲으로 간다.

다이소에서

책방이 호수와 숲 가까이 있어서인지 모기가 많다. 점심시간에 다이소에 갔다. 배드민턴 채 모양의 전기 파리채를 골랐다. 설명서에는 "위험 전압, 전원을 켰을 때는 철망에 고전압이 흐르므로 절대 신체를 접촉하지 마십시오"라고 적혀 있다. 나는 주황색과 연한 파란색 중에서 어떤 걸 고를지 망설이고 있었다.

"자기야, 여기 전기 파리채 있다. 이리 와봐!" 사내가 손짓했다. 민트색 원피스를 입은 젊은 여성이 천천히 걸어왔다. 임신 중인 듯했다. "이거 말고 플러그에 꽂는 홈 매트 사자. 그 냄새에 모기가 사람을 인식 못 한대. 굳이 태워 죽일 필요까진 없잖아. 모기는 암컷이 사람을 문대. 알 품으려고……."

그 둘은 주방용품 코너로 이동했다. 나도 파리채는 놓아두고 몸에 바르는 모기 기피제와 바닥용 청소포, 국자를 들고 계산대로 갔다. 굳이 안 사도 되는 것들에 눈길이 갔다. 저만치에서 그 젊은 부부는 머리핀도 보고 선글라스를 서로의 눈에 씌워보기도 했다. 가볍게 애무하듯이 서로의 허리를 안았다. 웃음소리가 장마철 습한 실내 기운을 걷어냈다. 그들의 노란 장바구니 안에는 신중히 고른 생필품이 오밀조밀 가득했다. 이 세상에서 가장 행복한 두 사람이 내 등 뒤로 다가와 계산을 기다렸다.

오래된 키스

왕십리에서 전철을 탔다. 밤이었다. 전문대학 문창과 심화반 강의를 마치고 집으로 가는 길이었다. 곧 다음 정거장에서 내릴 것 같은 사람 앞에 섰지만 그는 가방을 만지며 계속 앉아 있었다.

전철 구석에서 연인이 키스를 했다. 여자애는 모서리에 기대어 매끄러운 이마를 나를 향하고 있었다. 나는 무겁게 지친 표정으로 그녀를 보았다. 다시 키스하고 그녀는 내 눈을 보았다. 아무도 방해하지 않는 연기를 하는 것처럼. 관객인 나를 보며 심지어 웃었다.

나는 나를 달래고 싶었다. 흐느끼며 다른 객실로 가고 싶었다. 왼손으로 가방을 옮겨 쥐고 눈을 감았다. 내 마음은 일렁거림을 멈춘 지 오래, 입 맞추던 물고기가 화석이 된 물결 속에 있었다. 나는 내 인생이 뭐라 설명할 수 없을 정도로 재미가 없다고 느꼈다.

환승

어제저녁부터 배탈이 나서 아침을 먹지 않았고 점심때
는 책방에서 거품기로 달걀을 저어 달걀찜을 했지만 먹
지 못했다. 오후에는 고양시 모 고등학교에 갔다. 그 학
교 도서관에서 도서부 학생들에게 특강을 했다. 끝에 시
를 써서 먹고 살 수 있냐는 당돌하며 낡은 질문을 받았
다. 담당 교사에게 특강료를 받았지만 학생들이 책 한
권씩 살 수 있게 도로 돌려드렸다.

특강을 마친 후에 학교 앞에서 버스를 탔다. 버스에서
내려 다시 버스를 탔다. 의도치 않게 옆 사람 통화를 듣
게 되었다. 수신음이 커서인지 내 귀에까지 생생히 들렸

다. "형, 나 좀 아파. 택배 일 하는데 7킬로 빠졌어." 다시 버스에서 내려 또 다른 버스를 타고 파주 출판도시로 갔다. 지혜의 숲 앞 편의점 창가에서 저녁으로 컵라면을 먹었다. 아프다는 청년에게서 빠진 살은 어디로 갔을까. 난 뭐 운송할 게 있다고 이럴까. 지난번처럼 지혜의 숲에서 목을 죄듯 마감이 임박한 원고를 밤새 쓸 생각이었다.

하지만 나는 그곳의 널찍한 책상 위에 노트북을 펼칠 수 없었다. 오늘따라 그곳은 특별 전시장으로 사용되고 있었다. 하는 수 없이 인근의 다른 카페에 가서 카밀러 티 한 잔을 시켜놓고 멍하니 앉아 있었다. 〈엘리제를 위하여〉가 흘렀다. '친애하는 소울메이트에게'로 시작하는 편지를 쓰고 싶었지만 수신자가 떠오르지 않았다. 뒤로 돌아갈 수 없는 시간을 생각했다.

집으로 돌아왔다. 무거운 백팩을 메고 버스를 두 번 갈아타고. 갔던 방향의 반대 방향으로. 밤에 천둥이 쳤다. 샤워하려는데 녹물이 나왔다. 아침에 단지 내 물탱크를 청소한다는 말을 들은 것도 같다. 단지라니, 간장 단지 속처럼 어두운 내 마음도 계속 틀어놓으면 맑은 물이 나오겠지.

자랑스럽지 않아도 사랑한다

쌤! 저도 선생님께 좋은 소식을 들려드릴 수 있게 되었습니다 이번에 신문사 공모전에서 대상을 수상했어요 소식 듣고 가장 처음 떠오른 얼굴이 선생님이었습니다 대단한 대회는 아니지만 앞으로 더 배워서 꼭 자랑스러운 민선이가 될게요 선생님 언제나 감사합니다 사랑해요♡

출강하는 대학의 제자 녀석이 한밤중에 이런 카톡을 보내왔다. "대단한 대회는 아니"라고 본인이 말했지만, 대견하다. 애먼글면 속 썩이던 녀석이었는데, 부담을 갖고 있었나? "꼭 자랑스러운" 사람이 아니어도 사랑하는 거엔 변함없다는 말을 하지는 않았다.

"네게 자랑이고 싶어 이 밤에도 한시도 눕지 않고 잠과 모기를 쫓으며 공부하고 있다"라는 편지를 써주었던 이가 있었다. 그는 사법 고시를 패스하고 좋은 집에서 단란할까? 푹신한 침대에서 잘 자고 있겠지. 그는 자신을 왜소하고 가난하며 근본 없는 사람이라고 말했지만 나는 그런 그에게 반했었다. 장차 자랑스러운 사람이 될 거라서 기다렸던 게 아니었는데.

머묾 혹은 머뭇거림에 관하여

다정했던 친구 C에게

잘 지내니? 우리가 마지막으로 본 게 H 선생님 장례식 장이었으니, 벌써 2년이 다 되어가는구나. 그전엔 1년에 한두 번 만났었는데.

"서점을 운영하는 시인으로서, 코로나 사태가 가져온 소소한 일상의 변화에 관한 자유로운 산문"을 청탁받아 쓰다 보니 보고서가 되어가길래 버리고, 이참에 네게 편지를 쓴다. 네가 이 잡지를 보면 좋겠구나.

코로나 팬데믹이 불러온 앞으로의 삶에 대한 질문이나

논의가 최근 다양하게 나오고 있지. 안전 안내 문자가 봄부터 하루에도 몇 개씩 날아와서 노이로제 걸릴 지경인데, 오늘은 "장기간 코로나와 함께 살아갈 수밖에 없는 상황이기에 코로나와 함께 안전하고 새로운 일상을 정착하는 일이 중요하다"라고 중앙재난안전대책본부에서 밝히고 있네.

학교에서 진행해왔던 3년간의 공동 연구를 마감했더구나. 동료들과 중국 음식을 곁들인 저녁 자리를 하는 모습을 SNS를 통해 봤어. 나도 SNS를 사용하지만 타인의 포스팅은 잘 안 봐. 시간이 없을뿐더러 다들 어찌 그리 버라이어티한 삶을 즐겁고 끈기 있게 살아가는지, 상대적으로 맥이 빠지더라고. 그런데 오랜만에 네 근황을 알려고 일부러 찾아봤다. 대상포진을 앓았다는 것도 알게 되었어. 그 와중에도 읽고 쓰기를 멈추지 않는 게 신기하다. 열정적인 성격은 여전하구나.

코로나바이러스가 삶의 일부가 되었다는 말이 맞아. 왜 이렇게 살게 되었는지 잘 모르겠어. 기억도 예견도 희미하다. 나는 매년 초 말세가 올 것 같았고 무언가의 끝이 머지않았음을 느꼈어. 무너지는 방에서 애태우며 누군가를 기다리는 사람처럼 쳇바퀴 같은 삶을 산 지 햇수로 벌써 4년이네.

두 달 전엔 책방에서 처음으로 콘서트를 열었어. 너도 알지? 정민이라고, 가야금을 연주하는 싱어송라이터 말이야. 올해 1월에 이만교 작가의 낭독회와 허희 평론가의 북 토크를 하고는 넉 달 이상 어떤 행사도 기획할 수 없었어. 그전엔 매달 2~3회의 문학 행사를 지속했지만 지금은 코로나19로 말미암아 모든 행사가 보류되거나 단절되었어. 그러다가 5월쯤 다행히 코로나19가 잦아드는 상황이 되어 콘서트를 연 거였어. 나로서는 일종의 살풀이, 춤추고 노래하며 기우제를 드리던 옛날 사람들의 종합예술 같은 거였어. 시와 노래, 연주가 있는 공연을 통해 전염병이 멈추고 사람들의 맘이 신선하게 회복되어 새로운 일상으로 돌아가기를 염원했어.

일종의 자기 파괴일까? 시 창작을 등한시한 채 문학을 말하는 거, 낭독회와 북 토크, 인문학 특강 등을 여는 거, 동네 사람들과의 소소한 독서 모임을 이끄는 거. 심지어 책을 팔고 차를 팔다니. 어쩌면 문단에서 미끄러져 창작을 폐기하고 문학과 예술을 향유하는 경계의 가장 자리에서 나를 작동시키고 있는 것처럼 보이겠다. 하지만 나는 후회나 자기 연민의 시기를 통과했어. 고귀하고 관능적이며 황홀한 문체도 잊어버렸어. 무력감의 잉여적인 느낌이 든다.

5월 중순의 콘서트를 계기로 나는 지속해서 행사를 꾸려가고 있어. 손미·박은정 낭독회, '켬' 동인들 낭독회, 박상순 낭독회 외에도 네 개의 행사를 마쳤단다. 매달 세 가지 행사를 열고 있어. 네게 수고한다는 말을 들으려는 건 아니야. 매 순간 무너질 것 같은 책방에서 독자적 방식으로 뭔가를 꾸려보는 건데, 불안인지 기쁨인지 분간되지 않는 느낌을 받아.

초대 작가나 관객 중의 누군가가 행복한 시간이었다고 고백할 때가 많거든. 우리가 상상할 수 없을 만큼 먼 곳에서 찾아오는 이들도 있단다. 이번에 익산에서 새벽 기차를 타고 온 대학생은 박상순 시인을 만나 울음을 터트리더라. 종종 시를 읽다가 얘기를 나누다가 눈시울을 붉히는 이가 많아. 작년엔 심야 영화 상영회를 네 번 했는데, 웃고 우는 사람들을 보며 그사이 뭔가 터트리지 못한 채 살아온 이들이 적지 않았다는 걸 알았어.

2018년 서울국제작가축제에 참여했던 미국 시인 조엘 맥스위니는 나를 보러 책방까지 와서 함께 호수공원을 산책했어. 내가 한 학기 동안 출강했던 독일 베를린자유대학에서 온 베르너 캄페터 교수는 몰래 돈 봉투를 두고 갔길래 이메일을 보냈더니 책방이 망하지 않고 오래 버티기를 응원한다는 의미를 한국식으로 전달한 거라고 하더라. 내가 좋아하는 슬로베니아 와인과 허브티, 프로폴리스 드롭을 한 아름 안고 온 이도 있었어. 책방을 열었던 2017년 늦봄까지 머물렀던 류블랴나 대학교의 안드레이 베케시 교수님은 일본 콘퍼런스 가는 길에 책방에 들르셔서 손님들에게 서빙 등 심부름을 해주셨어. 그러고 보니 러시아 시인 알렉산드라 치뷸라도 왔었네.

물론 이렇게 타국에서 방문객이 오던 건 코로나19 이전의 얘기지만. 나는 문 앞에서 그들을 보내며 내일의 일들을 무너트렸다가 쌓기를 반복하곤 해. 내일은 어떻게 될지 모르겠어. "불안을 표현하는 예술이 기쁨을 표현하는 예술과 진정으로 분리되는 것은 아니다"라는 바타유의 말을 생각하다가 지고한 예술은 가능성의 극단에 다다른다는 말을 떠올려.

어제는 체온계가 고장 나서 약국으로 달려갔어. 비접촉 체온계는 9만 원이 넘었지만 과감하게 구매했다. 이 체온계가 망가지기 전에 코로나19가 종식되면 좋겠다. 마스크를 착용하고 거리를 두고 앉아 사람들을 만나는 날들이 지겹구나. 어떤 날은 아무도 오지 않아서 창가에서 노을을 바라보며 음악을 감상해. 그러면 '나는 참으로 뜻밖의 공간에 오래도록 체류 중인 여행을 하고 있다'라는 생각이 들어. 내면적으로는 대책 없이 애태우는 몹시 고독한 나날이야.

어떤 이는 나더러 "시나 쓰지, 뭐 하러 책방을 해?"라고 했고, 어떤 이는 다른 이에게 나를 손가락질하며 "찻집 하는 여자 시인"이라고 했대. 둘 다 시인이야. 둘 다 맞는 말이지. 길가에서 함께 지도를 본다고 해도 같은 곳으로 가는 건 아니잖아. 다시 어느 누군가가 나에게 심한 말을 해도 정체성 혼란에 몸살을 앓진 않으려고 해. 책방 일을 마친 밤에 산책하러 나갈 때도 있어. 검정 구두가 검은 늑대도 아닌데 내 발꿈치를 깨물어. 난 평생 한번도 발 편한 구두를 신어본 적이 없었던 것 같아. 괜찮은 불편함, 그게 구두의 자질일까? 걷다 보면 "안녕하세요? 사장님!" 그러는 주민도 있어. 난 그녀의 무거운 이케아 쇼핑백을 들어주고 방석을 몇 개 얻기도 했어. 처음엔 뉴스에서나 듣던 소상공인이란 어휘도, 사장이라는 호칭도 불편했는데 지금은 괜찮아. 정체성이란 없어도 되는 구두 같아.

문단에는 친구가 별로 없는 반면, 이웃 주민 친구들이 생겼어. 책방에서 만나 친구가 된 이들도 있고. 이따금 그들과 책방에서 세상 돌아가는 얘기도 나눠. N번방 사건이 터졌을 때도 고 박원순 서울시장이 자살했을 때도 평범한 사람들과의 상식적인 토론을 귀담아들었어. 관심과 경청이야말로 바로 윤리의 시작이라는 걸 배워간다. 새삼스레 무림의 고수가 많다는 것도 깨달을 수밖에. 더는 잘난 척하며 살 수가 없어.

너는 나를 묵묵히 관조하는 거니? 그리 멀지 않은 곳에서 한심해하는 건 아니지? 『표류하는 흑발』이란 제목의 시집을 낼 정도로 이리저리 천방지축 돌아다니던 여자 사람 친구가 어떻게 한군데 붙박이장처럼 처박혀 버티고 있는지 신기하지? 그날은 떠돌이, 방랑자, 집시의 피가 끓어서 책방 안을 서성거리고 있었어. 오후에 친구

둘이 들렀더라. 책방에서 만나 친해진 이들인데, 한 사람은 간호사이고 한 사람은 인테리어 목수라고 자신을 소개하는 미술 전공자야. 그들이 나에게 강화도로 바다를 보러 가자고 제안했어. 나는 책방 마감 시간까지 기다려준다면 같이 갈 수 있다고 했는데, 진짜로 어두워질 때까지 기다려주더라. 그런데 그중 한 사람이 누구와 통화를 하더니 갑자기 서둘렀어. 나는 승용차 뒷자리에서 잠이 들었어. 눈을 떠보니 강화도가 아니라 인천의 구도심이었어. 인천에 사는 책방 단골이 우리를 초대했대. 그는 환경 엔지니어인데 웬만한 문학 전공자보다 훨씬 많은 책을 읽은 사람이야. 우리는 그가 이끄는 대로 가서 숯불에 한우를 구워 먹고 독일식 펍으로 옮겨 슈바인스학세를 안주로 맥주를 마셨어. 그들은 나를 납치해서 바람도 쐬어주고 잘 먹이고 싶었다는 거야. 얼마 전 초여름 밤 얘기야. 그러니 걱정 마. 이토록 단순하며 가볍게 여행도 하고 몸보신도 하게 되는 날이 있으니.

오늘은 정오에 책방 문을 열었어. 환기하며 청소한 후, 김민기의 첫 번째 음반에 바늘을 올렸다. (최근에 턴테이블을 얻어서 LP를 들어.) 노트북을 켜고 북센으로 들어가 도서를 주문했어. (책을 직접 사러 오는 이보다 집에서 받아보려는 이가 많아. 코로나19로 바뀐 현상인데, 굳이 동네 책방을 도우려고 온라인 서점을 이용하지 않고 나에게 주문하는 것 같아.) 책방 건물에 있는 무인택배함에서 책이 든 상자를 들고 왔어. (무거운 책 상자를 운반하거나 진열하는 일, 행사를 위해 무거운 장바구니를 들고 오는 일 등으로 허리를 다쳐서 침을 맞기도 해.) 『나는 옐로에 화이트에 약간 블루』라는 책을 펼쳤어. (브래디 미카코가 쓴 책인데, "차별은 복잡해졌고 폭력은 다양해졌으며 계급은 단단해졌다"라는 문장을 한참 물끄러미 쳐다봤어. 나는 '시인에 책방지기에 문화 기획자에 판매업자에 청소부에 접시 닦는 종업원에 약간 인간'이란 생각도 했지.) 손님들이 들어왔어. 손 소독제를 드리고 발열 체크를 했어. 주문을 받고 아이스아메리카노를 두 잔 만들었어. 잇달아 이 건물('메르헨하우스'라는 오피스텔이야. 너무 동화적이지 않니?)에 사는 단골손님도 오셔서 생강차를 드렸어. 그는 여기 책방이 생겨서 다시 시를 쓰게 되었다는 60대분인데, 오늘은 이성복의 시집 『그 여름의 끝』을 샀어.

그러고는 오전에 문구점에 가서 코팅해온 포스터를(포스터는 내가 다 만든다) 입구 유리 벽에 붙였어. 한 장은 이달 넷째 주 주말에 있을 '저자와의 만남' 포스터이고 (처음으로 그림책 작가를 초청했어) 다른 한 장은 콘서트 포스터야. ('노래를 찾는 사람들' 창단 멤버 두 사람과 '로큰롤라디오' 보컬이자 기타리스트가 와서 공연할 거야. 천천히, 그러나 반드시 불러야 할 노래들을 함께 부를 거야.)

감정적으로 모순되고 엇갈리는 일이 많지만 배타적이거나 조건적인 일에 휘말리지는 않아. 내가 하는 일에 선한 영향력이 있기를 바라며 문을 열지만, 하루가 우왕좌왕 감미롭지 않게 지나가지만, 깊은 밤에 시를 쓸 때도 있어. 며칠 전에 쓴 시인데 어떠니? 넌 평론가로서 내 작품을 읽은 지 오래되었지?

정오가 지났을 때 소나기가 왔다

조각구름이 허공에서 무익하게 사라졌다

물에서는 물맛이 났다 봄부터 그는 냄새를 맡지 않았다 눈썹만 그렸다 마스크를 하고 실패를 기록하지 않았다 성취할 목적이 없었다 하루가 단조로웠다 재회하려던 사람은 자신

을 격리해야 한다고 말했다

　일시 귀국한 사람처럼 그도 홀로 있는 시간에 언젠가는 돌아갈 일상이 있는 것처럼 비교적 무기력했다

　이상과 현실의 괴리 때문에 고민하던 시절에 쓴 소설이 본의 아니게 하루를 구성했다 불시에 나타났다가 저절로 사라지는 증상이 아니었다니 전염병이 창궐하는 도시가 이토록 아름답다니 세계의 한 변방처럼

　폐쇄된 미술관 앞에서 그는 일요일 날씨에 관한 거리감 있고 가벼운 농담이라도 건네고 싶다 행인들과 최대한 멀리 서서 손 소독제를 바르고 마스크를 착용한다

　금방이라도 경보가 울릴 것 같다 하루에도 몇 번 중앙재난안전대책본부에서는 타 지역 확진자의 이동 동선을 알려오고 대화나 노래 부르기를 자제하라고 한다.

세월이 지나 오늘을 돌아보면 어떤 마음이 들까? 내 할머니가 6·25전쟁을 내게 들려주시던 것처럼 비현실적으로 느껴질까? "모든 사람이 마스크를 쓰고 다녔단다. 많은 공공시설이 폐쇄되었지. 그 와중에도 성폭력이 난무했고, 셀 수 없이 많은 사람이 전염병으로 죽어갔단다." 이 시절을 경험하지 못한 세대는 히치콕의 영화 같다고 하겠지. 소름 돋는 농담이라며 깔깔 웃을까?

최근에 누가 그러더라. "좋았던 벗들이여, 서로 마주 보면서 말이 안 되는 소리를 주고받지 않는 한 우린 아무것도 아닌 것이다"라고. 나는 예전에 「마지막 미래」라는 시에 이런 구절을 썼었지. "실제로 만나는 것만이 제대로인 만남인 시대는 두 번 다시 오지 않을 거야. 실물로 오가는 세계는 끝난 걸까? 마지막 낭독회일까?"

저 시를 쓸 당시에는 이런 시절이 올지 몰랐어. 하지만 최근 들어서는 매번 '이번이 마지막 낭독회가 아닐까?'라는 생각을 하며 포스터를 만든다. 얼마나 더 오래 내가 이 일들을 버텨낼 수 있을지 장담할 수 없어. 외부적 조건뿐만 아니라 자기-느낌(auto-affection)이 일구어내는 혼돈이 있어. 책방 입구에는 간판보다 큰 분홍색 아크릴

판이 붙어 있는데, 거기엔 이런 문장이 쓰여 있다. "You need chaos in your soul to give birth to a dancing star." 니체의 말로 흔히 알려졌지. 춤추는 별을 잉태하려면 스스로의 내면에 혼돈을 지녀야 한다는 거.

되짚어보자. 내가 '서점을 운영하는 시인으로서' 코로나 사태가 가져온 소소한 일상의 변화에 관한 자유로운 산문을 청탁받았는데, '편의점을 운영하는 시인으로서' '어부 일을 하는 시인으로서' '미화원으로 일하는 시인으로서' 코로나 사태가 가져온 소소한 일상의 변화에 관한 자유로운 산문을 쓰는 이가 있다면 더 재밌지 않을까? 과학자 시인, 의사 시인, 교수 시인도 있는 것처럼.

좋았던 친구 C야, 난 네가 모르는 이 장소에서 천 일 넘게 보냈지만, 시간의 끊임없는 소실만은 아니었다고 속삭이고 싶다. 또 다른 나의 발생, 또 다른 나의 실패, 또 다른 나의 이행을 실험한 것도 같지만…… 영원히 입술을 닫을 이의 입술에서 새어 나오는 말처럼 나는 네게 말한다. (너는 시인은 시로써 말해야 한다고 하겠지. 나는 반의 반쪽짜리 시인이어도 좋아) 비로소 나는 너를 기다리지 않게 되었어. 그렇더라고, 우정은 자발성과 해방의 성격을 지니니까.

재스민

춥기도 해서 차를 우려 마신다. 재스민차는 편두통과
불안, 불면을 진정시켜준다고 한다. 또한 재스민은 영화
주인공이다. 주저 없이 창문에서 뛰어내린다. 미쳐 펄럭거
리며 날아가는 카펫 위로 주저 없이 다이빙한다. 사랑을
믿었다. 뛰기 좋아하던 내 안의 소녀가 오늘은 수척하다.
위축된 담요를 덮고 불면증으로 칭얼거린다.

밤 10시 반

청년이 입을 떨며 말했다. 그는 자신을 떠난 이를 잊지
못해서 괴롭다고 했다. 나는 이따금 고개를 끄덕이며 그
의 구구절절하며 곡진한 얘기를 세 시간 가까이 들었다.
그는 한결 마음이 가벼워졌다며 일어섰다. 가만히 그의
손에 종이꽃 같은 시 한 편을 쥐여주었다.

    나는 피곤하여 쓸쓸히 침대에 누워
    모든 것이 끝났다고 생각했지만

아침에 깨어보니

정원은 꽃들의 기적으로 가득하였습니다.

- 라빈드라나트 타고르, 「시간은 잃어버린 것이 아니다」 부분

허리가 꺾이듯 아프고 몸살 증세가 왔다. 그의 불안과
슬픔이 내게로 다 이동한 것 같았다. 밤 10시가 넘어가고
있었다. 문득 마르그리트 뒤라스의 『한여름 밤 열 시 반』
이라는 소설이 생각났다. 그 소설은 주인공 마리아가 정
부를 살해한 남자를 광적인 사랑으로 뒤쫓는 내용이다.
나는 마리아의 욕망이나 심리적 정황을 다 이해하지 못
한 채 그 책을 잃어버렸다. 아주 오래전에 읽었던 책이라
서 줄거리가 다를 수도 있다. 기억은 왜곡된다. 확인하려
고 해도 그 책은 안타깝게도 절판되어 이젠 구할 수도
없다. 우리는 잃어버린 사랑을 찾는 존재의 방황처럼 설
명할 수 없는 것을 설명하려고 애쓴다. 이토록 가망 없는
일에 목숨을 거는, 무력하고 고독한 존재가 바로 인간
이다.

민주에게

　신문지를 접어 테이블 다리 아래 넣었다. 이제 테이블이 흔들거리지 않는다. 장미꽃 앞의 가위처럼 노트북 자판 위에 놓으면 굳어버리곤 하던 손가락이 서서히 움직인다. 네가 올 거니까.

　주방에는 새하얀 접시와 유리잔들이 마르고 있다. 긴 장마가 끝났다. 내 손목엔 하루에 두 번은 맞는 시계가 있다. 어제까지 흘린 눈물과 땀이 빈틈없이 사라지는 정오.

잠잠해지나 싶었던 전염병이 다시 확산하기 시작했다는 뉴스가 들렸다. 찬장 모서리에 머리를 부딪치고 유리잔을 떨어트렸지만, 아무것도 깨지지 않았다. 네가 올 거니까.

숟가락으로 커피믹스를 저으며 이웃 할머니가 말한다. 전쟁 중에 결혼하고 피난 중에도 아기를 낳았다고, 살아 있으면 만난다고.

흔한 말인데 오늘따라 웃음이 난다. 처음 듣는 음악처럼 귀에 들어온다. 네가 올 거니까.

새벽은 더 이상 푸른 절벽이 아니고, 밤은 더 이상 미완의 종말이 아니다.

너를 만나면 불러줄 노래를 고르는 동안, 무한하고 사랑스러운 마음을 되찾는 동안, 더디게나마 네가 오고 있는 동안.

다시, 어디에선가 여름

백도를 네 개 사서 냉장고에 넣어두었다. 네가 오면 주려고. 오늘 꺼내 보니 네 개 다 얼어 연한 분홍색 껍질들이 연녹색을 띠고 있다. 냉장고가 고장 나서 온도 조절이 잘되지 않은 탓이었다. '속은 괜찮겠지' 하며 좀 녹으라고 실온에 두 시간 두었다가 깎아보니 속도 얼어서 먹을 수가 없다.

아끼면 똥 된다는 뻔한 말이 생각났다. 뻔하지 않은 생을 생각했건만…… 이곳에서 낭독회 등 행사를 했던 백여 명의 아티스트는 "다시 오겠다"라는 말을 남기고 갔다. 하지만 그들 중 열 명도 다시 오지 않았다. 사느라 바빠 그렇겠지.

지인 중에 내게서 모질고 차갑게 떠났던 이가 돌아온 적이 있다. 그러나 얼었다 녹은 복숭아처럼, 성분이 변한 물질처럼 그 예전의 존재가 아니었다. 재회는 첫 만남보다 신중해야 한다.

약국에 갔다

약국에 왔지만 딱히 살 것이 없어서 서성거렸다. 손님이 많아 약사는 정신없어 보였다. 나는 선반에 놓인 약들을 살펴보다가 두피 샴푸를 샀다. 머리카락이 빠져서 정수리가 횅하다. 스트레스성 탈모라고 하며 의사는 탈모 부위에 주사를 맞으라고 했지만, 그냥 진단만 받고 온 지 몇 달째다. 이오네스코의 『대머리 여가수』처럼 대머리가 된다고 한들 어쩔 도리가 없다고 생각했다. 나는 나를 내버려 두고 어떤 섭리가 내 육체에 작용하는지 실험해보고 싶은 이상한 오기가 끓었다. 하지만 하얀 동전만 하던 탈모 부위가 점점 접시만큼 넓어지고 있다. 탈모 예방에 좋다는 광고가 적혀 있는 샴푸를 꺼내 들고 계산대 앞에 줄을 섰다. 다행이다, 손님이 많아서.

책방을 열기 전에는 가게들을 그냥 지나쳤다. 쇼윈도에 내 모습을 비춰보거나 한 게 다였다. 하지만 이젠 손님 하나 없는 가게들을 지나갈 때면 상당히 곤혹스럽다. '이 집 월세는 얼마일까? 먹고살 수는 있을까? 곧 망하겠어.' 혼자서 걱정하곤 한다. 넋 놓고 앉아 있는 주인들과 눈을 마주치지 못한다.

이 약국의 약사 홍진선 씨는 책방이듬 회원이다. 책방을 개업하고 6개월 만에 만든 회원제인데, 회원들은 매달 5만 원씩 책방 계좌로 입금하고 이용 혜택을 받는다. 정작 자신은 약국에 매여 책방에 오지도 못하면서. 매달 만 원씩 내고 음료 두 잔을 마시던 분들도 한두 달 송금한 후 그만두기 일쑤이다. 매달 5만 원을 보내주는 이는 이 약사분과 나의 여고 동창, 김자숙 씨밖에 남지 않았다. 나는 두 사람에게 매달 책 한 권을 보내고 모든 행사에 초청해야 하는 의무가 있지만 그러지 못하고 있다. 의무적으로 해야 하는 일들이 어깨를 짓누르는 나날이다.

내가 계산대 위에 샴푸를 올려놓은 후에야 약사는 내

얼굴을 보았다. "어머, 작가님, 여기까지 어떻게……." 그녀는 말을 잇지 못하고 울음을 터트렸다. 온종일 이렇게 서서 아픈 사람들을 대하며 웃는 사람이. 그녀는 흰 가운 옷소매로 눈물을 훔쳤다.

책방에 올 시간이 없는 장기 가족 회원을 찾아간 것인데 결례는 아니었을까? 안부가 궁금하고, 보고 싶어도 불쑥 일터로 찾아간 건 무례한 애정이었던 것 같다.

그녀가 처음 책방에 왔던 2년 전 겨울 저녁이 생각났다. 나는 그녀에게 기형도 시 전집을 권했다. 우스개로 "기형도를 변산반도 근처 섬 이름으로 아는 사람도 있더라고요" 그렇게 말하며. 그녀는 내가 맛보기로 읽어주는 기형도의 「엄마 생각」을 들으며 머리를 푹 숙였다. 자신은 약사인데 사람들은 약사라는 직업을 무척 좋게 본다고 했다. 편하게 돈도 많이 버는 직업이라며. 하지만 자신은 그 시 속의 아이처럼, "찬밥처럼 방에 담겨" 아픈 사람들을 기다리는 사람이라고 했다. 그 첫 만남이 문득 떠오르자 건널목 신호가 바뀌었다. 나는 횡단보도를 걸으며 끄무레한 하늘을 향해 사랑한다고 힘내라고 중얼거렸다.

그녀의 입술은 따스하고 당신의 것은 차거든

몇 년 전에 나는 연희동에 있는 문학 창작실에 머문 적이 있다. 입주 첫날 저녁에 창문과 현관문을 활짝 열고 청소하고 있는데 거실에 고양이 한 마리가 들어와 있었다. 그는 한 달 동안의 첫 방문객이자 마지막 방문객이었다. 내가 나가라고 손짓하자 그는 가늘게 울음소리를 내며 아름다운 움직임으로 밖으로 이동했다. 그는 매일 내 문 앞에서 울었다. 너무나 평범한 털과 눈빛의 고양이였기 때문에 그가 나에게로 오지 않았다면 어떤 고양이와도 구별할 수 없었을 것이다. 공용 세탁실에 가는 아침에도 따라오고 까마귀가 앉은 소나무 아래서 책을 읽는 저녁에도 곁을 오갔다. 외출하려고 대문 쪽으로 가면 내 발치에 발라당 눕곤 했다.

아마도 이전 입주 작가가 그를 방으로 들이거나 쓰다 듬거나 먹이를 챙겨주었던 모양이다. 음악을 들려주었을 지 모른다. 그는 입주 기간이 끝난 후 트렁크를 싸서 떠 났을 것이다. 머무는 동안 그를 사랑했을 것이다. 마지막 날, 그를 데리고 떠날 생각을 잠시 했을까?

책방을 열고 가장 자주 왔던 이가 마음을 접고 떠났 다. 우리는 마주침이 줄 무거운 비극성에도 불구하고 부 드럽거나 부드럽지 않은 살결을 만졌다. 그에게는 이제 다른 흥밋거리가 생겼다. 오늘 밤 내 울음소리는 참혹하 지 않고 보통의 고양이 소리와 닮았다.

이 밤의 낮은 노래

우퍼를 선물 받았어. 낮은 주파수 대역의 소리를 잘 재현하는 스피커라고 했어. 오래된 음반을 턴테이블에 얹고 바늘을 올렸는데 음반이 튄다. 그녀가 한 키 낮춰 부르던 〈아이 리멤버 유〉, 마디는 끊어지고 노래는 끝이 나고 모든 것은 아무것도 아닌 것으로 지나갔지.

한없이 낮아지는 날들을 무기력의 나락이라고 했던가. 아아, 이제 조금 옆길로 새어 그녀와 상관없이, 지나온 날들과 무관하게, 앞의 줄거리와 관계없이 흐르는 영화처럼. 내 입술을 맴돌던 이름들도 잊어가네. 오작동하는 나의 발성기관으로 노이즈만 흐르네.

간절한 어느 순간

향을 피웠다. 둥근 테이블 위에 꽃다발과 초, 과일과 소주를 놓고 제사상을 차렸다. 언니의 사진을 놓고.

허수경 시인이 돌아가신 지 1년이 되는 날이다. 나는 그녀가 위독하다는 소식을 듣고 작년 7월 9일에 뮌스터로 갔다. 아픈 그녀를 두고 나 혼자 한국으로 돌아온 지 보름 후에 시인은 영원한 시인이 되셨다. 어제 한 출판사에서 허수경의 유고집을 출간했다. 거기에는 이런 구절이 있었다.

"김이듬의 시들을 읽었다. 그가 쓴 시들은 아프다. 하지만 너무 아파서 힘을 잃는다. 아마도 내가 서울에서 쓴 시들이 그랬으리."

　허수경 시인은 "간절한 어느 순간이 가지는 사랑을 향한 강렬한 힘. 그것이 시를 쓰는 시간"이라고 했다. 스물여섯 살에 독일로 공부하러 가서 26년간 그곳에서 사셨으니 생의 절반을 타국에서 고독하게 모국어로 시를 쓰며 생활하셨다. 눈을 감고 언니를 기려보는데, 우리가 함께 유일했던 순간들이 연달아 떠오른다. 내가 사랑한 유일한 고향 선배, 나를 자신의 집에 며칠간 머물게 하며 매일 밥상을 차려준 유일한 시인, 함께 뮌스터 대학 교정을 걸었던 일, 둘이서 담배 피우며 진주 사투리로 웃기는 말을 주고받던 일, 밀밭 길에서 모자가 날아가 주우러 뛰던 모습, 피카소박물관에서 검은 외투를 벗던 작은 체구, 기차역으로 마중 나온 일, 함께 과일을 사고 화초를 사서 심었던 일, 베를린으로 돌아올 때 보자기에 싼 도시락과 차비를 쥐여주시던 일. 눈물이 발등으로 연이어 떨어진다.

　책방을 연 후 많은 문인의 부음을 접했다. 작년에는 무슨 일이 일어났던가? 1월에는 오래 편찮으셨던 이승훈 선생님께서 유명을 달리하셨다. 심장이 터질 듯이 아팠지만, 책방 마감 시간인 밤 10시까지 일하고 장례식장으로 갔다. 그곳에서 밤을 새우려고 했다. 그런데 빈소가 있는 복도엔 아무도 없이 검은 냉기만 흘렀고 장례식장 문은 닫혀 있었다. 연대 세브란스 장례식장은 심야에 폐쇄된다는 사실을 미처 몰랐다. 나는 복도에서 외투를 덮고 잠을 잤다. 관이 있는 방이 여러 개인 아무도 없는 대리석 복도에서 선생님의 발소리가 들렸다.

이승훈 선생님께서 돌아가시고 반년쯤 지나 황현산 선생님께서 세상을 버리셨다. 운명하시기 사흘 전에 나는 안암병원 입원실에 가서 사모님과 자제분과 함께 배달 음식으로 점심을 먹고 선생님의 발톱을 깎아드렸다. 내가 가보겠다며 인사드리자 선생님은 말씀은 못 하시고 두 눈을 깜빡이셨다. 매우 서운하신 듯 눈물이 고여 있었다.

이승훈 선생님은 내 첫 시집의 추천사를 써주셨고, 황현산 선생님은 내 첫 시집의 해설을 써주셨다. 허수경 시인은 내 시집 『베를린, 달렘의 노래』 발문을 써주신 분이다. 나에게는 이제 뭔가 써줄 사람이 아무도 없다. 완전한 신뢰와 애정으로 스스럼없이 내 작품에 대해 말할 수 있는 사람은 그들이 전부였다.

책방을 열고 2년 동안 세 사람을 잃었다. 사람은 가고 내 곁엔 그분들의 글만 남아 있다. 나는 문단이라는 이상하고 말도 안 되는 무대의 완벽한 고아가 되었으니, 다른 어려운 고아들과 사소하지만 간절한 순간을 만들어갈 것이다. 도래할 미래에 서로를 기억하기를.

꽃이 피는 계절은 저마다 다르다

아람누리 도서관에 도서 납품 건으로 담당자를 만나러 왔다. 그런데 점심시간이라서 담당자를 만날 수 없었다. 도서관 입구 쪽 지하에는 뷔페가 있다. 입구에서 현금 5천 원을 내면 많은 양의 다양한 음식을 먹을 수 있다. 아침을 거른 상태라 식욕이 솟구쳐 식판에 밥과 나물, 생선 한 토막을 담고 흰 플라스틱 대접에 호박죽까지 듬뿍 담아 정신없이 먹었다. 대학 구내식당처럼 긴 테이블에 여럿이 앉아 있는데 쓱 둘러보니 내가 가장 젊은 축에 속했다. 도서관 직원들이 이용하는 식당일 거로 짐작했는데 동네 주민처럼 뵈는 연세 드신 분이 대다수였다. 내 옆자리에도 어르신 두 분이 식사 중이었다.

할아버지가 마주 앉은 할머니에게 말씀하셨다. "베란다에 군자란이 피었는데 그 색깔이 얼마나 고운지 몰라요. 그 꽃이 강한 햇빛을 싫어해서 대나무 발을 사서 쳐 줬는데……" 할아버지는 마치 열렬한 구애를 하듯 낯빛이 붉어진 채 군자란의 아름다움에 대해 말씀하셨다. 식욕마저 잃으신 듯했다. 할머니가 시금치를 드시다가 물으셨다. "그렇게 예뻐요? 군자란 줄기가 해열에도 좋던데, 나도 몇 포기 얻어갈 수 있을까요?"

그제야 나는 고개를 돌려 내 옆에 앉은 할머니를 쳐다보았다. 남모르게 보기에는 측면을 보는 쪽이 훨씬 쉬웠으니까. 수수한 귤색 스웨터에 짧은 커트 머리의 할머니가 새침하게 앉아 티슈로 입술을 닦고 있었다. 눈 밑은 꺼칠꺼칠하고 곰보 자국이 있었지만 수줍어하는 모습이 역력했다. 오랜 세월 내성적이고 유보하는 태도로 살아온 사람이 뒤늦게 용기를 내어 군자란 포기나누기를 할수 있겠냐고 물은 것이리라.

두 노인이 일어나서 각자 식판을 들고 퇴식구로 향했다. 할아버지가 먼저 문 앞에 도착했지만, 문을 열고 할

머니를 기다려서 할머니가 먼저 바깥으로 나갔다. 첫눈이
올 것처럼 포근하고 흐린 날씨였다.

꽃길만 걸으려면 왜 따라왔니

　수건을 받았다. 법원에 근무하는 손님이 책방에서 쓰라며 주고 갔다. 테르펜틴 냄새가 나는 수건에는 그림과 글자가 인쇄되어 있었다. 설거지하고 손을 닦으려는데 물기가 닦이지 않았다. 한번 세탁한 후에 쓰면 괜찮을까? 수건의 용도가 몸을 닦는 데 있는 것 같지 않았다. 마치 광고판 같았다. 수건에는 "47기 예비 조합원 첫 만남, 노동조합과 함께 꽃길만 걸어요"라고 큰 글씨가 적혀 있었다. 다른 면에는 푸른색 아크릴 물감으로 강물 무늬가 그려져 있었다.

　문득 한 사람의 얼굴이 떠올랐다. 손수건으로 땀을 자

주 닦던 사람이었다. 나더러 외양이 주는 느낌보다 여리고 순한 사람이라고 했다. 나는 평생을 생각했는데 그는 오늘만 말했다. 그는 꽃길만 걸으려고 했다. 꽃길이 끝나고 눈보라가 치자 그는 떠났다.

네가 없는 곳

기사가 두꺼운 벽에 구멍을 뚫는다. 가벽 뒤에 또 콘크리트 벽이 있다. 기사라는 말보다 기술자라는 말이 맞겠지.

실외기는 바깥에 있어야 한다. 에어컨에 포함되지만 떨어져 있어야 한다. 배관으로 연결되어 눈에 덜 띄는 자리에 우두커니, 그 처지가 개성이자 특권이라는 듯이.

아까부터 더운 길가에 한 여자가 서 있다. 약속한 장소가 바깥인가보다.

여름은 여름이니까, 에어컨은 시원한 바람을 내보내야 하니까, 사람들도 배치된 자리에서 열정과 냉정, 안목을 가지려고 할까? 나는 사랑의 기술을 읽다 덮었지.

배관 기사의 회색 잠바는 책방 의자 위에 있고, 벽 너머에서 그가 연장들을 들고 작업한다.

자투리 판자를 안고서 나는 문턱에 서 있다.

잊어야 한다는 마음으로

#1.

그는 김광석의 노래를 잘 불렀다. 정확하게는 김광석의 노래만 불렀다. 왜 그가 다른 가수의 노래는 부르지 않았는지 이유는 모른다. 기타 악보를 들고 다니더니 어느 날부턴가 책방 캐비닛에 보관해달라고 했다. 그의 목소리는 가늘고 또렷하며 깊었는데 '사랑했지만' 같은 고음에서 희박해졌다.

목 관리를 위해 그는 여름에도 생강차나 대추차 같은 뜨거운 국산 차를 주문했다. 처음에 왔을 땐 작은 소리로 "기타를 잠시 연주해봐도 될까요?" 이렇게 묻더니 나

중에는 이따금 저녁에 다른 손님의 동의를 구해 한두 곡 연주하며 노래하고는 했다.

우리가 처음 한두 문장이 넘는 대화를 한 건 2년 전쯤이다. 나는 청소년 시 심사를 의뢰한 사람과 통화를 하고 있었다. 전화를 끊고 나니 그가 말했다. "종로 YMCA에 가시나 봐요. 무슨 일로 가세요? 나도 지난달에 거기서 학생들에게 드론 강의를 했는데……."

그는 학원에서 강사 일도 했고 여기저기 드론 강의도 했지만 현재는 백수라고 했다. 가끔가다 아는 형이 운영하는 카페에서 밤에 통기타 연주로 잡비를 번다고 했다. 어떤 날 저녁에는 술 냄새를 풍기며 와서 이혼한 아내에게 양육비를 보내지 못해 괴롭다고 했다. 또 어떤 날은 좋아하는 사람이 생겼는데 어떻게 마음을 표현해야 할지 모르겠다며 나에게 조언을 구했다.

6개월 전쯤, 무더운 날 저녁에 독서 동아리 모임이 끝나고 그가 김광석의 노래를 불렀다. 두 곡을 부르고 앙코르곡으로 한 곡 더 불렀다. 그 보답으로 동아리 멤버들은 그에게 같이 냉면집에 가자고 했다. 나는 그들을 보낸 후 청소하며 음반으로 김광석의 노래를 들었다. 그가 그렇게 닮고 싶어 하는 가수와 그의 노래는 한참 멀게 느껴졌다.

오늘 나는 책방 캐비닛을 정리하며 그가 맡겨놓은 악보를 발견했다. 그날 이후 발길을 뚝 끊은 사람. 그를 회식 자리로 이끈 동아리 리더가 냉면집에서 내 얘기를 했다고 한다. "앞치마 두르고 장사하니 만만해 보이지만, 알고 보면 꽤 유명한 시인이라고." 그가 그 자리에서 포털 사이트에 내 이름을 검색하더니 깜짝 놀라며 희고 야윈 얼굴이 더 수척해졌다고 한다.

시인이 사람 잡아먹나? 시인이라고 하면 이상하게 보거나 곤혹스러워하는 이들 중 한 명이었나? 나는 그에게 기타를 빌려주고 음악을 들어주는 친구처럼, 어스름한 인생의 카운슬러처럼 대했건만.

#2.

'김광석'은 나에게 하나의 기호 혹은 은유로 존재한다. 나에게 청춘이 있었다면, 그 시절은 그의 노래와 함께 머문다. "비록 떠가는 달처럼, 미의 잔인한 종족 속에서 키워졌지만(W. B. 예이츠, 「첫사랑」)" 창백한 얼굴 위로 내리던 햇빛 속에서 나는 한 사람을 좋아했고 그로 인해 즐거웠으며 마음의 누수로 어지럽고 아득한 시간을 흘려보냈다. 통기타를 들고 저무는 숲으로 가서 김광석의 노래를 여럿이 같이 부르기도 했던가? "그는 나의 동, 서, 남, 북이었고/나의 주중이고 나의 일요일 휴식이었으며/나의 정오, 나의 자정, 나의 이야기, 나의 노래였다(W. H. 오든, 「장례식 블루스」)"라는 표현이 우리의 첫사랑에 어울릴까?

대학을 졸업하고 한두 해 후에 그의 소식을 친구들에게 물었다. 죽었다는 소문도 있고 먼 나라로 떠났다는 애기도 들렸지만 정확히 아는 이가 아무도 없었다. 그를 '잊어야 한다는 마음으로' 펴치 못했던 마음마저 희미해질 무렵, 느닷없이 그를 만나게 되었다. 2006년, 한강 고수부지 가설무대에서 〈노래하라, 사랑아〉라는 시극을 공연하고 헝클어진 숲의 새털 같은 심정으로 땅거미 지는 바닥에 내려왔을 때였다.

그는 일간지 지면을 통해 내가 그 공연에 참여한다는 걸 알았다고 했다. 우리는 근처 미술관까지 걸었다. 신학대학원을 졸업하고 남아프리카공화국에 선교사로 오랫동안 가 있었다고 했다. 교내 신문사 편집국장을 하며 데모도 열심이던 그가 목사가 될 줄은 꿈에도 몰랐다. 나는 당시 문학 동아리 회원이었다. 합평회에서 선배들이 "자유연상법, 의식의 흐름, 이딴 거나 따르는 해괴한 시는 집어치우고 리얼리즘적으로 시대성이 반영된 시를 써라"라며 내 원고를 집어던졌던 날, 그는 웃으며 말했다. "야, 정말 좋은데? 역시 넌 천재야."

그는 이제 그런 거짓말을 하지 않는 사람이 되었을 것이다. '김광석'이나 '노찾사'보다 찬송가를 더 열성적으로 부를 그가 안쓰럽지도 근사하지도 않았다. 다시 누군가를 '잊어야 한다는 마음으로' 뼈가 비칠 것 같은 마음의 물결이 일렁일 수 있을는지. 그와 헤어져 미술관 계단에 앉아 쓴 시를 덧붙인다.

무대에서 내려왔어 꽃을 내미네 빨간 장미 한 송이 참 예쁜 애구나 뒤에서 웃고 있는 남자 한때 무지 좋아했던 사람 목사가 되었다 하네 이주 노동자가 모이는 교회라지 하도 괴롭혀서 도망치더니 이렇게 되었구나 하하하 그가 웃네 감격적인 해후야 비록 내가 낭송한 시라는 게 성직자에게 들려주

긴 참 뭐한 거였지만

　우린 조금 걸었어 슬며시 그의 딸 손을 잡았네 뭐가 이리
작고 부드러울까 장갑을 빼려다 그만두네 노란 코트에 반짝
거리는 머리띠 큰 눈동자는 내 눈을 닮았구나 이 애 엄마는
아마 모를 거야 근처 미술관까지 차가운 저녁 바람 속을 걸
어가네 휴관이라 적혀 있네 우리는 마주 보고 웃다가 헤어지
려네 전화번호라도 물어볼까 그가 나를 위해 기도할 거라
하네

　서로를 등지고 뛰어갔던 그 길에서 여기까지밖에 못 왔구
나 서로 뜻밖의 사람이 되었어 넌 내 곁을 떠나 붉게 물든
침대보 같은 석양으로 걸어가네 다른 여자랑 잠자겠지 나는
쉬겠네 그림을 걸지 않은 작은 미술관처럼

　- 김이듬, 「겨울 휴관」 전문

변하지 않는 것

엊그제 저녁이었다. 2월 중순인데 아침부터 함박눈이 내리더니 점점 그쳐가고 있었다. 그치지 않는 눈비는 없다. 잿빛 코트를 입은 사람이 책방 문을 밀고 들어왔다. 그가 의자에 앉아 마스크를 벗었다. 무척 우울하고 지친 표정이었다. 재작년에 처음 봤을 때와는 사람이 전혀 달라 보였다. 신입 사원이 되었다며 사회생활을 잘하는 법에 관한 책을 추천해달라고 했을 때의 해맑고 광채 나는 얼굴이 아니었다.

"사랑이 변하나요? 사랑이…… 변할 수가 있나요?"

연애를 잘하는 법을 알려주는 책이 있는지, 애인에게

선물할 만한 책이 있는지 묻는 것도 아니고 다짜고짜 사랑이라니. 그는 사랑하는 사람에게 배신당했고 그 여파를 견딜 수 없다고 했다. 통제 불가능할 정도로 감정 기복이 심하며 마음 깊은 곳에 분노가 있다고 했다. 심지어 식욕 저하와 두통, 근육통 등 신체적 증상도 있다고 했다. 300일 가까이 설레며 거의 매일 만났던 사람이 변했다고 했다. 애인이 당분간 만남을 유보하자며 연락도 끊어서, 도발적으로 집에 찾아가 보기도 했지만 결별 선언만 들었다고 했다.

그사이 해가 완전히 지고 창밖에는 달리는 차의 불빛이 어두운 가로수 사이로 명멸했다. 우리는 다른 세상에 들른 것 같았다. 그의 사랑에 대한 이야기는 끝날 기미가 보이지 않았고 나는 그가 충격과 고통에서 잘 헤쳐나올 수 있는 조언을 찾지 못했다. 가끔은 무조건 들어주기만 해야 하는 때도 있다.

세상은 지금 코로나19 때문에 난리도 아니다. 확산하는 바이러스만큼 혐오와 공포도 늘어나는 시절. 대부분의 사람들이 마스크를 쓴 채 타인과의 접촉을 피하고 있다. 강박적으로 손을 씻고 물을 마신다. 책방에도 방문객의 발길이 뜸하다. 그럼에도 불구하고 사람들은 애인의 손을 잡고 온기를 느끼고 싶어서, 마주 보며 웃을 수 없어서, 저녁은 챙겨 먹었는지 물어보지 못해서 우주에서 가장 비참하며 사소한 존재가 된다. 전염성보다 무서운 불치병 환자가 된다. 어떤 백신도 특효약도 먹히지 않는 상태가 된다. 서른 즈음의 이 청년에게도 남편을 잃고 혼자 사는 노인에게도 예외가 아니다.

"사랑의 실패가 인생의 실패는 아니라잖아요."

나는 어디서 주워들은 말들로 상한 마음을 다독여주려고 했다. 왠지 한 사람의 마음속에서 한 사람을 추방하라고 재촉하는 것 같아서 더 따스한 희망과 기쁨의 말을 찾아 머리를 굴렸다. 나는 책방지기니까 진정제나 치료제, 심지어 마약이 들어 있는 책을 찾아 서가를 서성거렸다. 책꽂이의 거의 모든 책이 사랑에 관한 책이었다. 시집, 소설책, 에세이집 등은 물론이고 과학이나 경제에 대해 말할 때도 사랑은 있었다.

사랑이 뭔지, 사랑은 변하는 건지, 사랑은 불변하는 건지, 사랑한 이후에는 어떠해야 하는지, 이런 문제의 복잡성을 이해하고 사람 사이의 관계에서 주체성과 활력을 찾으며 평안과 기쁨을 누릴 수 있게끔 하는 놀랍도록 지적인 책 한 권을 고르기란 쉽지 않았다. 궁색해진 나는 세계적인 심리 치료사의 책을 그의 앞에 놓았다. 그는 책 읽을 기분이 아니라며 일어났다. 다시 오겠다는 말을 남기고 중심을 잡은 사람처럼 걸어갔다.

멍하니 그의 뒷모습을 바라보다가 책방 바깥에 내놓았던 칠판을 들여놓았다. 내가 분필로 칠판에 써놓았던 잘랄루딘 루미의 시를 지웠다. 그 시의 전문은 이렇다.

어서, 그대여

그대와 내가

완전히 스러지기 전에

서로 열렬히 사랑합시다

내일은 어떤 문구를 쓸까? "변하지 않는 것은 '변하지 않는 것은 없다'는 사실뿐이다. 살아 있는 것은 모두 변한다"라고 적어두면 행인들이 좋아할까?

일시 정지

오늘 아침 태양은 어둠을 느리게 밀어내고 매혹적으로 떠올랐다. 동쪽 하늘을 불그스레 물들이며. 겨울이라는 계절의 빛은 마치 종착역에 내린 비관주의자의 낯빛처럼 간신히 하루를 소생시키는 듯하다.

새벽에 악몽을 꾸고 일어나서 창가를 서성거렸다. 이중 유리창을 달거나 암막 커튼을 칠까 생각하며 손에 입김을 불었다.

운동복 위에 가장 두꺼운 점퍼를 입고 호수를 향해 걸었다. 이렇게 이른 아침에 호숫가로 산책가는 건 처음이다. 자작나무숲 쪽으로 발을 동동거리며 걸었다. 휙 찬바람이 지나가고 휙휙 자전거가 지나갔다. 오소소 소름이 돋았다.

　"새벽부터 왜 이렇게 자전거가 많이 다니는 걸까?" 혼잣말했다. "나는 왜 자주 위험에 처하는 걸까?" 연달아 투덜거리며 나무 벤치에 앉았다. 지나온 바닥을 보니 자전거 도로 표시가 있었다. 얼마나 많은 사람을 오해하며 살았던가. 금방 시끄럽고 모든 것이 환해졌다.

한 번만 더 나의 손을

'대한민국에서 피디로 산다는 것'이라는 행사를 한다. '대한민국에서 (   )로 산다는 것'이라는 타이틀의 괄호 안에는 배우, 신문기자, 의사, 편집자 등이 들어간다. 자신의 직업이 갖는 가치와 일을 둘러싼 에피소드 등을 말하고 객석에서 질문하면 답을 하는 형식의 모임이다. 대한민국에서 이혼녀로 산다는 것, 대한민국에서 백수로 산다는 것 등도 기획하고 있다.

오늘은 EBS 피디로 일하는 김민태 씨가 와서 1시간 30분 동안 이야기를 이끌어가기로 했다. 그는 책방 오픈 초창기부터 가끔 들르는 손님이기도 하다. 나는 객석을 채워줄 분들을 위해 간단한 다과 장을 봐서 책방으로 돌아가는 길이었다. 길모퉁이 상가 앞 행거에 초록색 앞치마가 걸려 있었다. 마침 앞치마가 필요했던 터라 내부로 들어가서 가격을 물어보고 물건들을 구경했다. 앞치마는 새 상품이었지만 안에는 대부분 헌 옷들이었다. 가로줄 무늬가 있는 주황색 원피스를 만지작거렸다. 9천 원이면 싸다고 주인아주머니가 입어보라고 했다. "맘에 드는데 색깔이 너무 화려해서요." "밝고 알록달록한 옷을 입어야 기분도 환해지지." 사실 내 옷장을 열어보면 거의 흑과 백 두 가지 색깔의 옷들 사이에 회색 옷들이 걸려 있다.

베를린에 살 때는 스웨터와 바지, 외투 등도 벼룩시장에서 자주 샀다. 주말에 역 주변이나 광장, 공원에 가면 티스푼부터 그릇, 의자, 대형 피아노까지 필요한 물건들이 다 모여 있었다. 처음엔 남이 쓰던 물건을 사는 게 좀 찜찜했지만 담배 한 갑 가격으로 살 수 있는 외투가 많았으니 반년 정도 사용하다가 돌아갈 때 버리고 가면 되겠다고 생각했다. 하지만 나는 거기서 산 촛대와 그릇, 외투를 지금까지도 소중히 다루고 있다.

새로운 물건을 사려는 사람이 있고, 버려질 물건을 사

서 닦고 세탁해 폐기일을 늦추려는 사람이 있다. 어떤 것이 더 나은 소비라고 단언할 수 없다.

나는 50년 이상 내 삶의 프로듀서였다. 잘못된 기획 때문에 망친 프로그램이 수두룩하다. 생활의 흐름을 놓쳐 주위 사람들을 힘들게 한 적도 많다. 그래도 먼 훗날 그리 못 만든 인생은 아니었다고 말할 것이다.

눈에 바치는 송가

눈이 온다. 흰 눈이 거리에도 도로에도 건너 숲에도 소담스레 내린다. 밖에 내놓은 긴 의자에도 흰 눈이 소복이 앉아 있다. 보랏빛 외투를 걸친 사람이 개를 안고 지나갔고 이후로 몇 시간째 아무도 지나가지 않는다. 창가에서 이렇게 기다리다가 문밖으로 나가본다. 바닥에 떨어진 눈송이는 친화력으로 뭉치는 걸까? 내 발자국이 얕고 멀고 낯설다.

사람이 사람을 기다리는 일, 눈이 오고 바람이 불 때 멀어진 이가 돌아와 친밀감을 회복하는 일, 내가 울면 같이 울던 이를 기다리는 저녁이 온다.

습관은 능숙하면서도 느린 조정자라서, 이제 여기서 누군가를 기다리는 일이 고통스럽지 않다.

사랑은 변해도 사람은 변하지 않는 거라고 사람들은 내게 말한다. 삶은 공격적이며 폭력적이지만 사람은 서러워하면서도 사랑한다. 사람은 저마다 자신보다 더 소중히 여기는 사람을 한 명쯤은 내면에 가지고 있다. 그를 대신해 병에 걸리고 그를 대신해 죽을 수 있는 존재는 자신이 유일하다고 생각하며. 어릴 때의 확신이 점점 흐려지지만, 불현듯 문을 밀고 수천 송이 흰 꽃 같은 사람이 들어올 것 같다.

도피하려는 열망

다시 나는 뛰기 시작했다. 동굴에서 나와서. 햇불을 들고 따라오는 이가 없었다. 눈을 감고 뛰었다. 소용돌이도, 회오리치는 밀밭도 없었다. 무섭게 굽이진 산골짜기도 없었다. 절벽에서 현기증이 나지 않았다. 양귀비 색 연기가 나는 마을에서 철퍼덕거리며 시내를 건넜다. 꿈에서 깨어 식은땀에 젖은 얼굴과 머리칼을 닦았다.

은폐하기의 실패

중학교 시절 담임 선생님이 오셨다.

"너는 내가 보고 싶지 않았니? 난 네 소식이 무척 궁금했는데……."

선생님은 출판사에 전화해서 내 전화번호를 물어보셨다고 했다. 학창 시절 유일하게 개인적으로 속을 터놓고 지냈던 선생님이시다. 국어 담당이었던 선생님은 내가 쓴 산문과 시를 칭찬하셨고 여러 백일장에도 나가보게끔 유도하셨다. 내게 수많은 책을 빌려주고 수없이 많은 선물을 주셨다. 첫 번째 선물은 보라색 장화였다. 내가 다니던 중학교는 당시 산등성이를 깎아 만든 신설 학교라서

178

비가 오면 진입로와 운동장이 진흙투성이였는데 어느 날 선생님께서 내게 장화를 주셨다. 방과 후에 우리는 뉴욕 제과로 가서 빵을 수북이 사 놓고 앉아 책 이야기를 하거나 중국집에 가서 자장면과 만두를 먹으며 독후감을 나눴다. 선생님은 나를 친구나 동생처럼 대하셨다. 나는 그녀의 첫 발령지 첫 제자는 아니었지만, 그에 가까웠다. 함께 댁으로 가서 선생님의 어린 아들딸과 논 날이 무수했다. 고교 시절에도. 외롭고 멍든 마음이 들 땐 선생님을 뵈러 가곤 했다. 새어머니와 말이 잘 통하지 않았던 사춘기 시절의 내게 선생님은 은유적으로 산비탈의 나무라든가 직조공 얘기 등을 해주셨다. 선생님과 웃다 보면 나는 고통스러운 열기라든가 당면한 고민들이 내게 비추는 빛처럼 느껴졌다.

대학교 1학년 때 스승의 날 즈음에 나는 선생님 댁에 갔다. 선생님의 남편분께서 들어와서 잠시 기다리라고 말씀하셨다. 선생님은 애들을 데리고 목욕탕에 가셨다며. 나는 거실 소파에 앉아 선생님을 기다리며 선생님의 남편분과 대학 생활에 관해 이런저런 이야기를 나눴다. 그러다 주방에 물을 마시러 갔는데 싱크대에 쌓여 있는 그

릇들을 보고 설거지를 시작했다. 뭔가 인기척이 나는가
싶더니 사부님이 등 뒤에서 나를 안는 거였다. 나는 아연
실색하며 뛰쳐나와 계단을 구르다시피 내달렸다. 하마터
면 양옥집 2층 난간에서 뛰어내렸을 것이다.

"저는 선생님과 만나는 게 불편했어요. 선생님이 전화
하시면 온갖 핑계를 대며 피했죠. 대학생이 되어 바쁘고
재밌어서 그러는 줄 아셨겠지만……."

"그랬구나……." 선생님의 얼굴이 서서히 그늘졌다.
한참 동안 말을 잇지 못한 선생님은 몇 해 전에 남편이
암으로 죽었다고 나지막이 말했다.

우리는 다시 만나기 어려울까? 자매처럼 앉아 한 덩이
의 빵을 나누며 문학을 말하기에 불편한 사이가 되었을
까? 내가 오래도록 삼켜둔 말을 불편하게 내뱉었기 때문
에? 선생님의 남편이 한 행위를 가지고 선생님까지 미워
했던 나는 얼마나 무례하며 한심한가. 아마도 그의 아내
인 선생님이 가장 큰 상처를 입었을지 모른다. 스무 살의
나는 그가 아내와 제자를 한꺼번에 배신했다고 생각했
다. 한국 남성의 어떤 전형성을 알아챘고 점차 분노가 커

지며 속앓이를 했다. 단지 사소한 추행이었을까? 인간의 연원을 섬세하게 살피며 스스로에게 무거운 질문을 던졌지만 자책으로 뭉쳐버렸다.

선생님을 통해 그가 장학사가 되었다는 소식을 접했을 때 나는 대학 졸업반이었다. 선생님께 그날의 일을 말하기엔 뒤늦게 지나간 일을 들쑤시는 격밖에 되지 않는다고 판단했다. 당시에 나는 격렬하게 민주화 투쟁을 하는 서클 연합회의 홍보부 차장이었고 세상의 이면과 폭력적인 구조 속에서 대결해야 할 일들이 산더미였다.

수십 년 전에 겪은 개인적 증상을 내가 유일하게 사랑했던 선생님께 말한 것이 무슨 의미가 있을는지. 말하지 않았다면 없는 일이 되었을까? 우리가 다시 웃으며 만날 거라는 기대는 섣부른 걸까? 서늘하고 가슴 아픈 진실을 안 후에 오히려 더 깊게 넓디넓게 만나리라고. 예전과 달리 이제는 내가 선생님을 모시고 빵집으로 가서 최근에 읽은 책 얘기며 시에 대해 여쭤볼 차례인데.

최근 한 공직자가 성추행 사건으로 유명을 달리했다. 이미 지나간 일이라도, 사후라고 하더라도 죽음으로 문제를 은폐해서는 안 된다. 죽음은 면책의 구실이 아니다.

연시는 둥글지만 굴러가지 않는다

    낙엽 밟으며 걸었다. 이 낙엽이 조각천이라면 꿰매어 머플러를 만들고 싶다는 생각을 하며. 에스닉풍의 머플러를 주고 싶은 숙녀가 있다. 이맘때부터 초봄까지 잔뜩 움츠려 승모근이 아프다는 그녀는 사철 손발이 차갑다. 그런데 머플러나 털모자, 두꺼운 옷을 싫어한다. 왜 그런지 오늘은 물어봐야지.

    전철 입구에 과일을 파는 이가 있었다. 과일은 거의 다 둥글고 색깔도 화려하다. 나는 대봉감을 샀다. 원래 한 개는 팔지 않지만 특별히 내겐 판다고 상인이 말했다.

    감을 가방 속에 넣을 수 없다. 에코백은 너무 흔해서

더 이상 에코가 아니고 감도 특별한 선물이 되기 어렵겠지만, 나는 감을 양손으로 감싸 쥔 채 계단을 내려간다. 꽉 쥐면 터지기 때문에 손톱에 긁힐지도 모르니까 촛불을 든 사람처럼 살살 걷는다.

무르고 연약하며 붉은 이 감을 가지고 저물녘에 그녀에게 간다. 떨어트리면 굴러가지 않고 그 자리에 터져버리거나 머무르려는 심정으로.

3부

얼마나 오래 기다려야
화해하는 밤이

정직하십니까

아침에 눈을 뜨자마자 화장실에 갔다. 혈뇨가 나왔다. 병원에 가야 하나? 오래 못 돌아올지도 모르니까 집 안 정리를 해둬야 하나? 심부전증으로 고생하다 돌아가신 외할머니도 떠올랐다. 늑골을 잡고 바닥에 털썩 주저앉았다. 꽉 감은 눈에 막스 에른스트의 분열하는 빛과 파생하는 징표 같은 게 명멸했다. 가방을 챙기려고 일어섰다.

펜을 꺼내 유서를 써야 할지 망설였다.

"내 그대를 찬양했더니 그대는 그보다 백 배나 많은 것을 갚아주었도다. 나의 인생이여."

미셸 투르니에의 묘비명처럼 밝으면 좋겠다.

그런데 개수대에 비트 껍질이 보였다. 어젯밤 자기 전에 난생처음 먹은 채소. 동심원을 번져가며 손을 물들이던. 그 검붉은 비트가 내 몸에서 빠져나가면서 오줌 속에 빨갛게 섞였던 것. 내 속단과 비대한 상상력이 만든 모닝 코믹 쇼였다. 콩 심은 데 콩 안 나고, 고구마 심어도 고구마는커녕 멧돼지만 달려드는 세상이라지만, 소화기관만큼은 정직하다. 먹은 대로 드러나는 내 몸의 반만큼이라도 정직해야지.

검은 태양과 숲

모든 사람이 힘든 시기를 통과 중이다. 정부가 이달 20일부터 사회적 거리 두기를 일부 완화했으나 대다수 국민은 자가 격리와 사회적 거리 두기를 유지하고 있다. 단지 자신이 집에 머무는 것만으로 인류가 안전해진다는 것을, 한 개인이 타자의 삶에 지대한 영향을 줄 수 있다는 점을, 놀랍게도 우리가 얼마나 긴밀하게 연결된 민감한 존재인가를 뼈아프게 깨닫고 있다.

혼자 동네 책방을 운영하는 나도 모임을 취소하거나 보류하고 있다. 정여울 작가와 함께하는 제8회 저자와의 만남이나 박상순 시인을 초청해 열기로 했던 제53회 낭독회는 취소 또는 연기한 상태다. 책방이지만 소그룹 독서 모임, 아카데미, 특강, 낭독회 등을 꾸려가지 않으면 책방 역할을 제대로 해내지 못 하는 것 같아 안타까울뿐더러, 월세를 내기도 어렵다. 모처럼 들르겠다는 지인들에게도 다음에 오시는 편이 낫겠다고 말한다. 하지만 누가 책 사러 와서 실망할까 봐 매일 문을 열고 기다리는 양가적 태도란!

나는 자발적 격리자 같다. 동굴 속에서 식물 벽화를 그리는 사람 같기도 하고. 오늘도 나는 마스크를 낀 채 책방 구석구석 소독하며 눈물을 참았다. 아무도 없는 책방에서 여태껏 만나지 못한 학생들에게 온라인 강의를 했다. 내일은 온라인 수업 학생 만족도 설문 조사를 바탕으로 환류 보고서를 작성해야 한다. 나는 통계나 정산, 보고서 작성에 끙끙거리는 편이고 시간도 없어 공공 기관에서 지원금을 주는 책방 공모 사업에 신청서조차 내지 못한다. 그야말로 1인 독립 책방을 운영하며 대학 강의료를 이곳의 운영자금으로 밀어 넣고 있다. 이따금 우울과 비관, 무기력이 나를 잠식한다. '검은 태양'의 한복판에 놓인 느낌이 엄습할 땐, 사람이 다가오는 게 두렵고 소름 끼친다. 책방지기가 방문객을 무서워하다니! 몇 달 새 사회적 거리 두기에 지나치게 적응한 걸까? 아니면 N 번방 사건이 준 사회적 쇼크가 억지로 가슴에 묻어뒀던 한 손님의 충격적인 성희롱 발언을 다시 내 살갗 위로 떠올리게 한 걸까?

그럼에도 불구하고 나는 숨을 쉰다. 심호흡한다. 아침 마다 걷기 시작한 지 한 달하고 나흘이 지났다. 나 자신 도 신기해서 달력에 초콜릿색으로 동그라미 치고 있다. 몽유처럼 투명하지도 않고 밝지도 않은 하루를 시작한 다. 나는 골목들과 횡단보도를 지나 숲의 입구쯤에서 자 전거를 비키곤 하지만, 내가 처한 상황을 더는 회피하지 않으려고 한다. 코로나19와 성범죄 병폐 등이 위협하는 현실을 똑바로 바라보려고 한다.

책방도 버텨야 할지, 새로운 결단을 내려야 할지 심사 숙고한다. 암울하며 고통스러운 생각들이 무조건 부정적 인 것만은 아니라고 중얼거린다. '나는 왜 이렇게 멜랑콜 리하며 울화가 치밀도록 답답한 인간일까?' '진짜 최악이 야, 도무지 웃을 일이 없군!'에서 사고가 살짝 바뀌었다. 지혜와 용기까지는 아니어도 한 걸음 한 걸음씩 나아갈 의욕과 허리의 유연성을 찾아가고 있다. 보통 걸음으로 4킬로미터 정도의 산책, 아무튼 규칙적으로 몸을 움직이면서부터 나타난 변화이다. 그렇다, "보행의 리듬은 생각의 리듬을 만든다."

책방에서는 길 하나만 건너면 숲이다. 3년째 책방지기로 살면서도 호숫가 숲길을 걸어본 건 손에 꼽을 정도다. 물리적 거리가 가깝다고 해서 육체와 사유가 인접하는 건 아닌가 보다. 지난 3월 초에 허리를 다쳐 쩔쩔맬 때 지인들이 걷기를 추천했다. 걷는 것이 병원 물리치료보다 낫다고 했다. 숲이 주는 피톤치드나 운동으로 분비되는 엔도르핀을 몰랐던 바 아니었지만, 그제야 호수 둘레 숲길이 몇 킬로미터냐고 물어봤다.

"우리를 구원하는 것은 인간이 아니라 숲과 자연이다"라는 말을 새삼 언급할 필요가 있을까? 우리는 이 사실을 경험으로 알고 있지만, 경제성장이니 과학기술의 개발이니 하며 자연을 훼손하고 생태계를 파괴해왔다. 그런 우매함이 코로나19를 초래한 건 아니었을까? 나부터도 책방에 난방기, 에어컨을 빵빵하게 틀고 행사 시엔 종이컵 등 일회용품을 소비하며 강박적으로 각종 세제를 사용하지 않았던가. 없어도 무방한 물건들을 이고 지느라 욕심을 부렸으니 허리 디스크가 돌출하는 벌을 받아도 싸다.

오늘 아침 숲길에는 바람이 심했다. 하얗게 쏟아지는 벚꽃들을 우두커니 맞았다. 작디작은 새소리에도 경외감이 들었다. 누구나 아는 자연의 순리와 아름다움. 걷기의 효과를 말하려던 건 아닌 것 같은데 나는 무슨 말을 하고 싶었던 걸까?

내 안의 울보

어린아이가 울며 들어왔다. 다짜고짜 자기 엄마를 못 봤냐고 물었다. 그 애는 엄마를 잃어버렸다고 했다. 물어보니 초등학교 1학년이며 자신이 엄마 말을 안 들어서 엄마가 버리고 간 것 같다고 했다. 나는 그 애에게 엄마 전화번호를 물어본 후 전화를 걸었다. 신호는 가는데 전화를 받지 않았다.

우리 모두에게는 울부짖는 아이가 있다. 자신의 내면에서 걱정하며 탄식하거나 억울해하는 아이가 낡은 운동화를 신은 채 누군가를 기다린다. "청춘이란 인생의 어떤 시기가 아니라 마음의 상태를 뜻한다"라고 새뮤얼 울먼

이 썼지만 유년 또한 그러하다. 이런 미성숙한 내면의 아이가 나의 행복을 방해할까? 내가 슬픔을 느끼고 말할 때 거의 늘 자책감을 느끼는 것은 이 아이에게 미안해서일까? 나의 빛이 희미해지는 게 이 아이의 눈을 가리기 때문은 아닐까? 내가 좋아하는 것이 나의 행복을 방해하고 있는가? 가령, 위스키, 담배, 밤샘과 창작, 먼지 나는 LP판, 기타, 책방 일…….

책방에 앉아 내가 준 사이다와 쿠키를 먹던 아이는 엄마를 잠시 잊은 듯했다. 그 애 엄마로 보이는 분이 문을 밀고 들어왔다. 정신 좀 차리게 해주려고 골목 뒤로 숨었던 거라고 했다. 아직 화가 덜 풀린 소녀처럼 말했다. 사회가 기대하고 요구하는 희생적인 모성애와는 달리 주체적으로 그것을 발명하고 연습하며 습득하는 과정에 있는 듯이 보였다. 여성이 아이를 낳음과 동시에 모성애가 탄생하는 것은 아니니까. 아이의 손을 이끌고 나가는 엄마의 뒷모습을 향해 나는 마음속으로 파이팅을 외쳤다.

서푼짜리 소곡

그 아이는 강가에 엎드려 있었다 강바닥에 잠겨 있다
가 떠올라 흘러왔다고 보기에는 말쑥했다 아무도 깨우
지 않았다 노란 장화 신고 잠든 아이를 이십 대 초반부
터 실명이 시작되어 사십 대 후반에 들어서 시력을 완전
히 잃은 부모는 찾을 수 없었다

솔직히 말해 누군가를 버린 이들은 이렇게 말한다 눈
에 안 보였다고 인생과 우주의 의미를 찾아 떠났다고 말
할 수는 없지 않은가 아이를 친구에게 맡기고 간 사람은
자신의 신을 원망했다

독수리 한 마리가 그 아이를 물고 날아갔다 독수리가 춤추듯 맴돌며 날아오를 때 아이는 인사했다 무너진 집과 강기슭까지 불타오르는 마을을 향해

독수리 마을에서 아이는 어떻게 자랐다 어떤 부사가 어울릴까 언덕에는 사과와 돌배 산딸기가 많았다 아이는 산양의 젖을 마시고 걸리적거리는 고기를 구워 은쟁반에 담았다 점점 글래머러스해졌다 날개 부위를 우물거리며 중얼거리곤 했다 나는 버림받은 음악가야 하늘과 땅을 번갈아 보며 창을 던졌다

어른의 악몽을 꾸자 아이는 어른이 되었다 그가 처음으로 울부짖었다 장화를 찢어 노란 전등을 만들지 않았다 가끔씩 고개를 끄덕이다 보면 노래가 나왔다 음악은 그냥 일어나는 일이므로

엄동설한이었다 물도 잉크도 얼었다 축사 안에 짚도 장작도 아무것도 없었으므로 그는 자신의 악보를 난로 안으로 던져넣으며 추위를 피했다 애초부터 독수리 마을

에는 독수리가 없었다 인간의 마을도 그렇지 아니한가

　그는 연필로 산양의 노래를 만들면서 몽롱하게 졸음
에 빠질 수 있었다 꿈속에서 오랜 세월이 지났다 부모가
찾아왔다 구슬프지 않았다 죄책감에 시달린 부모의 살결
이 뽀얗고 아름다웠다 그는 잠을 자러 달려갔다

얼마나 오래 기다려야 화해하는 밤이

제빙기를 샀다. A4용지 상자보다 약간 더 크고 하얀 색으로. 생수가 얼음이 되어 떨어지는 과정을 보면 신기하다. 그동안 두 번의 여름을 보내며 얼음을 사러 편의점으로 뛰어다녔다.

나는 요즘 냉커피를 줄이고 아이스티를 자주 마신다. 티백 포장된 복숭아 향, 패션프루트 향 홍차인데 찬물에 잘 녹는다. 이 티백을 투명한 유리잔에 놓고 차가운 물과 얼음을 넣어두면 티백에서 검붉은 차가 우러나온다. 나는 티백의 내용물이 온전히 빠져나오라고 장시간 담가두었는데, 오늘 낮에 들른 후배가 말했다.

"언니, 이제 티백을 건져내세요. 오래 두면 다시 티백 안으로 스며들어요." 그렇구나. 무조건 오래 놔둔다고 완벽해지는 건 아니구나. "얼굴에 붙이는 마스크 팩도 적당히 붙여둬야지 오래 놔두면 피부가 더 상한대요."

생각도 그러하다. 심사숙고한다고 해도 더 나은 해결점을 찾지 못할 때가 있다. 오히려 더 끔찍한 결과를 초래하기도 한다. 나는 방치를 기다림으로 착각한 건 아닐까?

경기도로 굴러왔다

내가 고양시에 처음 발을 디딘 건 6, 7년 전이다. 고양예고에서 특강을 하기 위해서였다. 하린 시인이 불러 시를 쓰는 고교생들과 시 얘길 했다. 무슨 말을 했는지 하나도 기억나지 않는다.

내가 파주시에 처음 발을 디딘 건 개 한 마리 때문이었다. 친구 지미의 개가 새끼를 낳아 그 개들을 분양했는데, 파주에 사는 사람이 한 마리 데려갔다고 했다. 그런데 지미는 그 개가 걱정된다며 그 집에 방문해보겠다고 고집을 부렸다. 학교에 가지 않아도 되는 주말에 운전해서 갈 건데, 혼자서 갈 자신이 없다며 전화로 울음 섞인 말을 했다. 나는 진주에서 고속버스를 타고 청주에 내려 다시 청천으로 갔다. 그날 저녁에 파주로 출발했다. 내비 게이션이 없던 시절이라서 우리는 길을 헤맸고 밤이 깊어 서야 개를 데려간 사람 집 앞에 멈추었다.

지미는 마당이 있고 여유가 있는 집에서 그 개가 살기를 바랐다. 그래서 온라인 진돗개 카페에 그런 사연을 쓰고 무료로 몇 마리를 분양한 거였다. 유독 파주로 보낸 강아지가 눈에 밟히고 걱정이 된 이유는 개를 데려간 이와 연락이 잘되지 않기 때문이었다. 우리는 작은 흙 마당을 지나서 낡고 허름한 조립식 건물의 새시 창을 두드렸다. 개의 새 주인이 파자마 바람으로 문을 열어주었다. 그는 혼자서 배달 일을 하며 사는 사람이었다. 개가 보이지 않았다. 그날 밤에 지미는 울면서 운전했다. 나는 조수석 위 손잡이를 잡고 파주라는 곳이 참 험하다고 말했다. 황량하며 을씨년스럽고 적막했다. 밭두렁과 좁은 길, 나무가 별로 없는 산이 어둠 속에 있었다.

책방을 열고는 강화 전등사와 동막해변을 가보았다. 오래전에 수원 화성으로 문학 행사를 간 적 있다. 거기서 김남조 시인의 휠체어를 잠시 밀어드리며 땀을 쏟았던 기억이 난다. 그 외의 경기도에 관해서는 거의 모른다. 나는 외국으로 많이 나다녔지만 한국에선 집에 붙어 있으면서 최소한의 외출만 하는 습관이 있어서 한국의 지리에 어둡다.

햇빛에 호수가 빛났다. 처음으로 일산이란 델 온 나는 숲을 따라 걸으며 이곳에서 살고 싶다는 생각을 했다. 액세서리 반지를 호수에 던졌다. 일산에 정착하게 된 것은 일산 호수공원 때문이라고 해도 과언이 아니다. 내가 던진 반지를 잉어가 삼키고 죽을까 봐 걱정하던 날들이 까마득하다. 곰곰 생각해보니 베를린에 머물 때도 숙소 가까이에 슐라흐텐 호수가 있었고 전철을 타고 가면 반제 호수가 있었다. 여름에는 나체로 수영하는 이가 많았다. 오리도 많았다. 류블랴나에 살 때도 블레드 호수가 있었다. 나는 호수에 매료되는 사람인가 보다. 또 호숫가에는 항상 숲이 있다. 모네에게 지베르니의 연못이 있었고 클림트에게 아터제호수가 있었듯이 나에게는 일산 호수공원이 있다. 나도 이 호수와 숲을 주제로 연작을 쓰는 날이 올까?

피부를 스치는 백리향의 냄새, 바람에 흔들리면서 삐걱

거리는 그네의 소리. 머리카락과 면 블라우스 속을 스쳐 가는 바람결의 감촉에 행복해진다. 담쟁이가 꼬불꼬불한 줄기를 펴는 순간에 움찔하는 소나무 가지에서 옅은 초록색 솔방울들이 둥글어진다. 노랑꽃창포 싹이 올라오는 모습을 보는 것이나 잠자리 날개 위에 햇살이 앉는 것을 보는 것은 기적 같다. 이러다 보니 아파트와 빌딩으로 가득한 거리에서 살 수가 없다. 그런 삭막한 도심에 살 바에야 "상점도 없고, 극장도 없으며, 강연장이나 상가 지역도 없는 곳, 다만 있는 것이라고는 지저분한 호수와 지난 이십 년 동안 새 책이라고는 한 권도 구매한 적 없고 낡은 책들마저도 눅눅한 선반 위에서 조용히 썩어가는 도서관 하나뿐인 곳"에서 살 것이다. 그런 곳은 '노스 도머'라는 곳인데 북쪽으로 난 지붕 창을 뜻하는 이 지명은 이디스 워튼의 성장소설 『여름』의 배경이 되는 곳이다. 어젯밤부터 읽기 시작했는데 100년 전의 미국 연애 문화를 짐작할 수 있어서 재밌다.

나는 장기적 계획을 세우지 못한다. 근시안적인 삶을 살며 다소 즉흥적이다. 유전적 요인이나 사회적 인습, 경제적 여건 같은 환경적 요인에 영향을 받는 생물학적 결정론자나 환경론적 결정론자는 아니라서 담대한 듯하지만, 의외로 허무주의적 운명론을 가졌을지 모른다. '될 것은 될 대로 되겠지' 중얼거린다. 그저 흘러가는 강물처럼 해가 뜨고 지고 바람이 부는 것처럼 하루하루 지내고 있다. 타인에게 폐가 되지 않는 선에서 되도록 길들지 않고 잘 지내려고 애쓰면서.

어쩌면 개의 운명과도 비슷하다. 주인이 다른 데로 보내버린 짐승. 트럭에서 내리니까 흙 마당이 있고 가건물이 있고 먹이를 얻어먹으려고 낑낑거리다가 또 어디로 이송될지 모르는 존재. 나는 그 흙 마당의 돌멩이처럼 어디서 와서 어디로 가는지 모른다. 파견지로 내던져진 이방인으로 살았던 몇 해가 있었다. 정확하게는 파견 작가로 외국에서 생활한 세월 말이다. 다들 자신의 주인은 자신이라고 하는데 나는 알 수 없는 에너지가 나를 이곳에 떨군 것 같다. 수박을 먹으며 생각하고 있는데, 크고 푸른 줄무늬가 있는 이 과일을 어떻게 잘라 먹게 된 건지 알 수 없는 것이다. 이 수박은 어쩌다가 생겨나서 어느 동네에서 수확되어 여기 일산동구 무궁화로 호숫가의 책방 테이블까지 굴러온 걸까?

도둑을 놓아드립니다

어제는 치과에서 사랑니를 뺐습니다. 약을 사고 책방에 나와보니 벽에 붙어 있던 예쁜 플래카드가 없어졌더군요. 바람에 떨어진 것 같지 않아 종교 단체에서 운영하는 옆 카페 사람들에게 물어보려 했지만, 언젠가 제게 몰려와 왜 책방에서 커피를 팔아 약속의 땅을 훼방하냐며 험한 말을 퍼부은 사람들이 있는 곳이라 그냥 조용히 없던 일로 여기기로 했습니다.

오늘 정오쯤 맥주 중간도매상 아저씨가 맥주 한 상자를 책방 앞에 놓고 갔어요. 제가 1시에 갖다 달라고 했지만 지나는 길에 문 앞에 두셨답니다. 그런데 상자의 삼 분의 일 정도만 맥주가 채워져 있어서 아저씨에게 전화해 보니, 분명히 한 상자를 책방 앞에 두고 갔다고 했어요.

나는 책방의 CCTV를 돌려 보다가 화들짝 놀랐습니다. 아저씨가 맥주 상자를 책방 문 앞에 놓고 떠나기가 무섭게 한 사람이 다가와 맥주를 집어 가는 모습이 촬영되어 있었어요. 그는 잠시 후에 배낭을 가지고 다시 나타나 허겁지겁 수십 병을 빼내어 배낭에 담아 가지고 사라졌습니다. CCTV 영상에서 그는 30대 중반으로 보통 체격에 모자를 눌러 쓴 사람이었습니다.

경찰에 신고해야 할지…… 다 합해도 몇만 원 안 되는 물건이니 참아야 할지요. 얼마나 맥주를 마시고 싶었으면 그 무거운 병을 들고 도망쳤을까요? 혹시 가난한 알코올중독자인 건지. 월세를 못 낼 형편에 인건비도 전혀 안 나오는 책방지기의 사정을 모르는 사람의 소행이겠지요? 나를 위협하려는 이웃의 소행일까 봐 사실을 알기 두렵습니다.

소설 『레미제라블』에는 은촛대를 훔쳐 간 이를 용서하신 분도 계시는데, 부주의로 내놓아 잃어버린 맥주 스무 병 남짓을 가지고 세상을 의심하며 하루를 다 보냈어요.

다행히 맥주 도매상인께서 다시 공짜로 채워주시겠다고 합니다.

　책방지기에 앞서 시를 쓰는 사람으로서 발각과 응징의 칼을 가는 시간에 글을 읽겠습니다. 물의를 일으켜 죄송합니다. 석 달 전에 희귀본 몇 권을 도둑맞은 이후에 CCTV를 달까 고민했어요. 또 그런 일이 생기지는 않겠지만, 혼자서 운영하는 독립 책방이라 한밤중의 신변 보호 차 설치한 것이어서 평소엔 돌려보지 않습니다. 괴로웠던 낮이 지나고 저녁이 왔어요. 자명한 낮을 찾다가 아름다운 저녁과 밤을 잃어버리는 이는 되지 않으려고 해요. 마음 써주셔서 감사합니다!

삶에도 리허설이 있다면

그건 리허설이었잖아요. 리허설에서는 모든 게 용납되는 거 아닙니까? 맞죠? 조연 배우에게도 동등한 가치를 줘야 하는 거죠. 마음을 훔치면 괜찮고 모자를 훔치면 벌을 받는 게 세상이라지만, 구월에는 빨간 구두를 사고 사 층 극장에서 죄수와 경찰이 나란히 수갑 차고 가는 장면으로 끝나는 영화를 봤습니다. 설마 이번 생을 진지하게 논하라는 건 아니겠죠?

마지막 인사는 미안해

　밤새도록 비가 내렸다. 장마전선의 내습으로 모레까지 최대 300밀리미터의 폭우가 쏟아질 예정이라는 일기예보를 본다. 새벽 5시다. 오늘 오전에 고 박원순 시장의 영결식이 서울 시청에서 온라인으로 치러진다고 한다. 성범죄를 그의 업적으로 덮는다는 여론에도 불구하고 나는 사회적 죽음 이전에 개인적 죽음을 들여다보고 싶다.

　그저께 오후 런던에서 귀국한 그의 아들 박주신 씨가 상주로서 빈소를 지키고 있다. 정부의 코로나19 대응 지침에 따라 본인이나 배우자의 부모 장례식이 열릴 경우 자가 격리를 면제받을 수 있기 때문에 공항에서 곧바로

서울대병원 장례식장으로 갔다고 한다. "아버지가 유언 비슷한 말을 하고 가셨다. 오늘 나에게 무슨 일이 있을지 모르니 이상 징후 발견 시 바로 경찰에 신고해라." 딸의 말이 사실이라면, 그 딸의 심정은 어떠할까? 아무런 설명도 없이 돌아가신 부친의 시신 앞에서 망연자실할 가족들의 처참함을 이루 상상할 수 없다.

〈떠날 때는 말없이〉라는 영화가 내 부모 세대의 젊은 시절에 개봉해 히트했다고 한다. 그래서 부모가 자식을 두고 멀리 갈 때 아무 인사도 없이 가는 걸까? 자식은 부모가 아무렇게나 내버려 둬도 되는 소유물인가? 내 어머니는 나를 두고 떠날 때 아무런 말 없이 몰래 가셨다. 아마도 내가 너무 어리니 말을 해도 못 알아먹고 충격을 받을 거라고 여겼겠지. 자신에게 엄습한 상황이 지나치게 힘겨워서 남겨진 자식의 마음을 헤아릴 처지가 아니었던 걸까?

부모가 떠날 때, 임종을 앞두고 입이 떨어지지 않는 육체적 문제라든가 돌연사가 아닌 경우엔 자식과 자초지종을 털어놓고 대화해야 하는 거 아닐까? 대화나 의논까지는 아니어도 최소한 짤막하게라도 헤어져야 하는 까닭을 말해야 한다. 성찰이나 참회까지는 바라지도 않는다. 자식이 알아듣든 못 알아듣든 돌이킬 수 없어 미안하다든가 잘 지내라든가 하는 말이라도 속삭여야 한다.

부모가 자식을 책임져야 한다는 논리가 아니다. 자신을 믿고 사랑하는 인격체를 일방적으로 내팽개치는 방식은 남겨진 이에게 깊은 트라우마를 남긴다. 남겨졌다는 것과 버려졌다는 것의 인식 차이는 동조와 동요의 차이보다 크다. 부모로부터 일방적으로 버림받았다는 상처는 다른 어떤 사랑으로도 회복력을 갖지 못한다. 버려진 존재는 자신의 시체를 내면에 숨기고 살아간다.

숭고에 관하여

　무엇이 나로 하여금 숭고에 대한 사유에 숟가락을 떨구게 만드는 것인지.

　요리를 했다. 책방에서 받은 귀한 식자재가 상하기 전에. 정읍 출신의 지인이 고향에서 농사짓는 친구의 감자를 사서 나에게 두 상자나 보내주었기에 감자를 깎아 카레를 만들었다. (그 전에 몇 개씩 싸서 책방 손님들에게 나눠주기도 하고 낭독회 때 쪄서 내놓기도 했지만.) 우남정 시인 낭독회 때 들른 분이 양평 텃밭에서 따온 꽈리고추와 오이 두 개를 주셨는데, 멸치를 볶다가 고추를 넣어 밑반찬을 만들었다. 모처럼 일요일 점심을 잘 챙겨 먹었다. 카레라이스에

썰어놓은 오이와 멸치고추볶음으로 첫술을 뜨며 농부를 생각했고 흙과 물, 해와 달, 별을 떠올렸다. 내가 냉동실에 얼려두었던 멸치들은 한결같이 작고 물결처럼 굴곡져 있다. 그물 속에서 발버둥을 친 건지. 파도와 바람에 좌초되진 않았을까, 어부의 배가 떠올랐다.

어떤 무질서한 인연으로 여기 일요일의 작은 식탁에서 나는 이것들을 천천히 씹고 삼키게 되었을까? 쌀 한 알 속에 우주가 들어 있다는 평범한 진리를 새삼 느낀다. 수저를 내려놓고 밥상 사진을 찍어 SNS에 올렸다. 사진으로 보니 빈약한 재료로 만든 카레와 누추한 그릇이 눈에 띤다. 식사 도중에 음식을 찍었더니 보는 이의 식욕이 떨어질 만큼 지저분하기까지 하다, 얼른 포스팅을 삭제했다.

음식이 내게 시사해준 것은 무엇이었을까? 음식은 우리로 하여금 어떤 희생을, 먹고 먹히는 관계의 경험이 갖는 불편하고 숭고한 지점을 보여준다. 나는 시간에 먹혀가면서 일종의 해방을 느낀다. 윤리란 뭘까? 타인의 밥그릇을 빼앗지 않는 일, 뜨거운 국그릇을 전달할 때 받는 이가 데이지 않게 충분히 살피는 일. 그런 기본적 행위에서 시작되는 거 아닐까.

식당에서 차려주는 밥상을 받을 때나 집에서 간편 요리를 레인지에 데워 먹을 때와는 다르다. 요리 재료를 구하고 그것을 다듬어 가열하는 동안, 우리는 환경이나 사회를 생각할 수밖에 없다. 의무적으로 바삐 차려야 하는 식탁이 아니라, 유일하게 자신만을 위해 놀이하듯 요리할 때가 좋다. 나만을 위해 식탁을 차리고, 라면으로 대충 스스로의 허기를 면하지 않은 자신이 꽤 괜찮아 보일 때도 있다.

나는 오늘 7월에 나오는 콩이 이렇게 다양하고 예쁜지 처음 알았다. 콩을 한 줌 들고 그 다채롭고 찬란한 빛깔과 무늬에 감탄했다. 다이아몬드보다 아름다웠다. 삶아서 내가 입을 아 벌리고 넣을 때까지 아름다웠다. 고귀한 사람이 된 것 같았다. 누구든 혼자서 먹는 행위는 왠지 엄숙하고 성스럽게 여겨지는 것 아닌가?

"일체의 미를 넘어 존재하는 것, 숭고."

『사라진느』를 읽고

가을이 오고 있다고 만물이 말한다. 그래야만 하는 것이다. 지난 혹서도 태풍도 잠깐의 눈부심도 사라진 것이 아니다. 단지 이쪽 차원에서 저쪽 차원으로 이동한 것이다.

지난여름 내내 암울했지만, 삶이 없었다고 말해버리면 안 되었다. 울고 있었지만 지워지는 건 없었다. 빗물에 씻긴 과일의 단맛은 사라진 게 아니다. 달고 따뜻한 빗물로 풀벌레들을 살쪄웠다.

이어서 혹한이 닥칠 것이다. 사람은 예견할 수 있다. 영원히 자취를 감추는 것은 없다. 내가 확인할 수 없을 뿐.

사람이라면 깨닫는다. 사라지면서 찰나적으로나마. 순간적 숭고, 순간적 완성이 반복되다 보면 되고 싶은 존재로 되어가는(becoming) 신비가 발생하리라. 성스러움은 인간의 본질이다.

가을에는 이리저리 불안스레 주울 것입니다

아침에 출근하니 문 앞에 배설물이 있었다. 산책하던 이가 반려견 똥을 치우지 않고 그대로 두고 간 거다. 책방으로 들어가서 비닐장갑을 끼고 나와 그것들을 치웠다. 똥이 아직 따뜻했다. 허리를 숙이지 못한 채 무릎을 잔뜩 구부렸기 때문에 일어나다가 엉덩방아를 찧었다.

"무거운 거 들지 말고, 평소에 바른 자세를 유지해야 합니다." 허리에 침을 놓던 한의사가 했던 말을 실천해 보려고 했다. 바른 자세라니. 내가 대학 다닐 때 아버지가 '바르게살기운동협의회'에서 상패를 받아오셨다. "그런 단체도 있어요?" 하며 뜨악했던 일이 떠올라 웃음이 났다.

내가 풀죽은 청소부처럼 앉아 있으니 손님이 말했다. "주인이 맥없으면 들어오려던 사람도 그냥 가요. 웃으세요. 열심히 일하다 보면 손님들이 줄을 서는 날도 올 거니까."

나는 밝은 영상만 보여주는 극장 주인이 아니지만 손님들이 원한다면 웃어야 한다. 허리가 아파서 굽신거리지 못하지만. 허리 통증이 아니어도 굽신거리지는 않는다. 친절한 주인보다 친구 같은 주인이 되고 싶다. 나는 손님이 왕이라고 생각하지 않는다. 짐 자무시가 뤽 산테와의 인터뷰 중에 "나는 황제에 대한 영화보다 자신의 개를 산책시키는 한 사내에 관한 영화를 만들고 싶다"라고 말한 것처럼 나도 왕보다 평범한 이웃에게 호감을 느낀다. 이곳에서는 계급도 서열도 없이 평등하고 평화롭기를 꿈꾼다.

"잠시 점심 먹으러 갑니다. 전화 주시면 바로 달려올게요." 휴대전화 번호까지 적은 쪽지를 책방 입구에 붙였다. 책방 뒷길 모퉁이의 콩나물국밥집으로 달려갔다. 늦은 점심시간이라서 그런지 식당 안은 텅 비어 있었고 주인아저씨는 계산대 뒤에서 졸고 있었다.

"국밥 하나 주세요." 아저씨는 습관적으로 주문서를 꺼내 한일자를 그으려다가 그 종이와 모나미 볼펜을 도로 앞치마 주머니에 집어넣었다. 다섯 사람이 와서 한 그릇씩 주문하면 주문서에는 다섯 개의 한일자가 바를 정(正)자로 완성된다. 문득 '바를 정'의 형성 과정이 궁금해졌다. 국밥을 반쯤 먹었을 때 배가 불렀다. 그렇지만 "밥알을 버리면 벌을 받는다"라고 말한 내 할머니가 생각났다. 나는 딴 건 잘 흘려버려도, 밥알은 흘리거나 버리지 않는 손녀가 되었다. 하늘에서 할머니가 나를 보고 있지는 않겠지만. 사진에서나 볼 법한 맑은 가을 하늘이다.

'바르다'는 브뤼셀 출신의 영화감독 이름이기도 하다. 아그네스 바르다는 〈이삭 줍는 사람들과 나〉라는 단편영화에서 무언가를 줍는 행위와 그 대상을 담담하게 보여준다. 나는 지금 무엇인가를 줍고 있는 것이다. 그것을 이삭이라고 부를 수 있다. 이삭은 농작물을 거두고 난 뒤, 흘렸거나 빠트린 낟알, 과일, 나물을 이르는 말이다. 그것은 소용없는 것, 뒤처진 것, 모자람이 있는 것, 쓰임이 다한 것들이다. 잡동사니, 쓰레기라고 치부되는 것들이라 할 수 있다. 이삭을 줍는다는 것은 버려진 것의 가치를 발견하는 것이다. 어쩌면 삶의 바른 자세는 허리를 숙여 무언가를 '줍는' 태도가 아닐까?

바른 자세란 허리와 등을 곧게 펴기, 혹은 서고 걷고 앉고 누울 때 건강에 좋은 자세일까? 요가와 스포츠를 통해 단련되는 것일까? 내 생활은 바른 생활일까? 발꿈치를 들어 버찌를 따고 내 키에 맞는 조리대 앞에서 피가 나는 고기를 썰었다. 의자 등받이를 조절하며 조수석에 앉아 운전하는 이에게 속도를 줄이라고, 교통질서를 지키라고 참견했다. 당당하게 서서 상패를 수여 받는 사람에게 손뼉을 쳤다. 직립은 인간의 특권이었으므로. 사람들은 최대한 가슴을 펴고 물건을 사고 건물을 올리고 고지를 탈환하기 위해 달려간다.

바람이 불고 낙엽들이 흩어졌다. 누구의 소유도 아니며 아무도 소유하려고 하지 않는 낙엽은 무용지물일까? 환경미화원들의 골칫덩어리일까? 나는 팔만 뻗고 싶었지만 무릎을 꿇었다. 네발짐승이 된 것 같았다. 은행잎 하나를 주워 바랜 황금빛에 찍힌 작디작은 검은 점 하나를 뚫어지게 쳐다보았다. 이 작은 잎사귀에 버러지라고 불리는 한 존재가 살고 있었다.

고요한 배려

바람직한 삶을 아직 잘 모른다. 그저 바람이 있는 삶을 살고 있다. 하고 있는 일이 최소한 실패로 끝나지 않기를 바란다. 설사 실패하더라도 타인의 탓으로 돌리지 않기를. 오늘 아침 펼친 팀 쿡의 책에는 "잘하면서 동시에 선을 향해 가는 것도 가능하다"라는 문장이 있었다. 흔히 들었을 법한 말인데 신선한 에너지로 다가온다.

오늘은 책방을 연 지 300일 되는 날이다. 나는 이곳에서 인생의 모든 것을 배우지는 못했다. 그럴 생각도 없다. 300일이 한 달쯤으로 느껴지기도 하고 30년만큼 길고 지루하게 느껴지기도 한다. 베르톨트 브레히트가 쓴

희곡 「서푼짜리 오페라」의 메키처럼 "우선은 먹여달라, 도덕은 그다음 문제다"라고 외치고 싶은 날도 있었다. 그동안 책방은 내 삶을 좀먹었다. 그런데 어떻게 기쁨을 잃지 않았을까?

나는 머리보다 몸을 쓰면서 근 1년이라는 시간이 내 육체를 관통하는 걸 감지했다. 물집과 몸살, 역류성 식도염, 경추 디스크, 원형탈모증의 반복으로 나타나는 몸의 경고를 무시하곤 했다. 그러면서 서서히 다른 사람이 된 것 같다.

내가 사랑이라고 믿어왔던 이들이 내게 등을 돌리기도 했지만, 이상하게도 나 자신과 나와 다른 사람을 사랑하는 방법을 알게 되었다. 공기와 계절이 순환하는 한.

해 달 별

"영업해요?"

연세 지긋한 남성분이 문을 밀고 들어와 두리번거린다. 연분홍색 폴로셔츠가 새 옷 같다. 그는 테이블 위에 놓아둔 양철 화분의 데이지가 햇살에 반짝이는 것을 유심히 바라보다가 창을 통해 바깥을 살핀다. "누굴 기다리세요?" 내가 물었다. "아뇨, 가을 햇살이 좋아서요. 이게 행복이 아니면 뭐가 행복이겠어요?"

어디선가 들어본 말이다. 커트 보니것이 여든이 다 되어갈 적에 낸 책 『신의 축복이 있기를, 닥터 키보키언』 서문에 나오는 일화가 있다. 커트 보니것이 자신의 삼촌 알렉스에 관해 언급한 부분이다. 그와 삼촌은 사과나무 그늘에서 레모네이드를 마시곤 했는데, 알렉스 삼촌은 불쑥 이렇게 말했다. "이게 행복이 아니면 뭐가 행복이지?" 그렇게 큰 소리로 외치고 나면 정말로 기운이 솟구쳤다고 한다. 행복할 때 행복하다는 걸 깨닫는 것, 즐거울 때 즐겁다는 걸 인정하려고 최선을 다하는 것이 중요하다는 말이리라.

최근 와서 '소확행'이라는 말이 유행이다. '소소하지만 확실한 행복'이라는 뜻으로 이삼십 대 젊은 층들의 행복 담론이라고 한다. 소확행이라는 단어는 무라카미 하루키가 1986년에 쓴 에세이집 『랑겔한스섬의 오후』에서 자신이 발견한 행복, 즉 '갓 구운 빵을 손으로 찢어 먹는 것' '겨울밤 부스럭 소리를 내며 이불 속으로 들어오는 고양이의 감촉' 등을 표현한 것이라고 한다. 커트 보니것이 1990년대 후반에 『신의 축복이 있기를, 닥터 키보키언』을 출간했으니, 일본 작가가 더 먼저 소확행을 말한 것이다.

어디서 누가 먼저 그 개념을 얘기했든지, 인류는 애초부터 그 소소한 일상 속에서 행복을 발견할 줄 알았다. 사랑하는 사람과 마주 앉아 탄수화물을 섭취할 때 느꼈던 행복은 누구에게나 있을 것이다. 내가 대학에서 가르쳤던 학생들의 인스타그램을 본 적이 있다. 취업이 되지 않아 자기소개서를 스무 번도 넘게 썼다는 학생이 라면에 달걀을 하나 넣을 수 있어서 행복하다며 자취방 식탁 사진을 올렸다. '술에 수면제를 섞어 마시지는 않아요'라는 농담에 가슴이 철렁했다. 어떤 학생은 깜찍한 고양이 사진을 거의 매일 포스팅하며 '집사로서의 소확행'을 태그로 걸기도 했다. 나는 다행스러운 마음으로 그것을 들여다보았지만 마음 한쪽이 서늘했다. 울고 싶은 것을 꾹 참고 못 본 척하기도 했다. 오래 꿈꿔온 일들이 자꾸만 좌절되고 생활이 녹록지 않은 나의 제자들에게 나는 할 말이 없다. 그들이 놓쳐버릴 수도 있는, 스쳐 가는 일상에서 행복을 발견하는 힘이 있어 대견하기도 하지만 못내 가슴이 아픈 건 나 혼자만의 비밀 같다. "'해 별 달'이라고 쓴 것을 '해 달 별'이라고 순서만 바꿔도 소리의 뉘앙스가 달라지지 않니?" 내가 시를 말할 때 이토록 사소한 차이를 말한 걸 기억한다. 들은 학생은 기억하지 못할 수도 있지만. 소소한 차이를 인정하는 것. 시가 될 수 없을 것 같은 사소한 일상에서 시를 발견하기를. 행복이라

는 단어가 주는 압박감에 시달리지 말기를. 해와 달, 별
을 품은 청년들에게 '보이즈 비 앰비셔스'라고 말할 수
없고 말해서도 안 되는 나는 오늘 하루가 막막하다.

즐기는 일

옆 가게에 경찰들이 왔다. 편의점에서 아르바이트생과 손님의 말다툼이 격해져서 손님이 신고를 했다고 한다. 참견할 일이 아니었지만 다툼의 여파가 느껴졌다. 아무 하고도 이야기하고 싶지 않은 날에도 내가 먼저 인사말을 건네야 한다. 전신 거울을 보듯 나를 쳐다보는 사람에게도 어색한 미소를 짓는다.

좋아하는 일이라도 반복되면 설렘은 사라지고 싫증 나기 쉽다. 좋아하는 일을 열심히 하다가 한 발짝 물러나서 내면을 비춰보면 꽤 캄캄하다. 백 회 넘게 행사를 했다. 낭독회와 북 토크 등을 기획하고 홍보하고 진행하기를 매달 서너 차례. 지금까지 내가 만든 포스터가 162장이다. 매번 그것을 가지고 문구점에 가서 코팅해 벽에 붙인다.

수줍었던 사회자 역할에 데면데면해졌고 짬짬이 현장 사진을 찍고 행사 뒷정리에 지쳐간다. 나는 애초부터 작가로서의 신비를 가질 생각이 없었지만 지나치게 만만하게 보며 함부로 대하는 사람들이 싫어졌다. 후방에서 자질구레한 일을 하는 게 더 낫겠다고 한탄하기도 했다.

저녁에 문을 닫을 찰나, 이 오피스텔 건물을 청소하는 아저씨가 들어왔다. 거무스레한 얼굴에 작은 눈, 날카로운 입매를 가진 분이었다. 일하기 힘들지 않냐고 여쭤보니 스스로 즐기며 일하니까 재밌다고 했다. 불쑥 사진을 보여주며 자신이 청소 일을 하며 키운 딸이라고 말한다. 그는 나를 격려하며 즐겁게 일하라고 말하곤 절룩거리며 나갔다.

좋은 사람 있으면 소개해줄게

라면을 끓여 먹고 있는데, 손님이 왔다.

"달랑 컵라면이 점심이에요? 반찬도 없이?"

"김치 꺼내면 책방에 김치 냄새가 나니까요."

"밥도 같이 먹고 술도 같이 한잔할 사람 없어요? 좋은
사람 있으면 소개해줄까요?"

나 혼자서 밥을 먹는 모습이 타인에게 처량하거나 심
지어 불행하게 보이나 보다. 행복한 사람으로 보여야 한
다는 스트레스가 생긴다. 만날 때마다 웃지는 못해도 최
소한 불행해 보이지는 말아야지, 안 그럼 타인도 불편해

한다. 행복은 의무가 아니고 목표도 아니다. 행복하지 않다고 해서 부끄러워하거나 불행할 일도 아니다.

언뜻 보기에 행복한 사람은 좋은 사람으로 보인다. 우리는 인간을 판단할 수 없다. 그가 드러내는 태도, 다른 사람을 대하는 방식, 사회적 행위 등을 통해 그의 인격을 짐작할 뿐이다. 특히 자신에게 잘해주면 '좋은 사람'으로 받아들인다. 좋은 사람은 좋은 음식이나 좋은 예술 등과 유사성을 띤다. 자신의 입에 맞고 몸에 좋으면 좋은 음식이라고 한다. '독버섯은 나쁘다. 내가 먹을 수 없으니까'라는 식이다. 이해나 공감이 어려운 예술 앞에서 화를 내는 사람들처럼.

인간의 관점에서 싸잡아 '해충'이라고 하는 것도 그 벌레의 입장에서는 무척 억울할 일이다. 나는 먼지 자욱한 국도변에서 자신에게 의존하는 미생물을 떠안고 사는 식물을 떠올린다. 먼지와 곤충이 걸려 있는 거미줄처럼 내 생각은 두서없고, 공식적으로 할 말이 아닌 걸 쓰고 있다. 해로운 문학을 하면 안 되나? 밭으로 들어온 멧돼지를 총으로 쏴 죽이는 것도 '나쁜' 짐승이기 때문이라는 말로 정당화된다. 식당에서 삼겹살을 먹을 땐 "좋은 고기로 주세요"라고 말하면서.

그럼에도 불구하고 나는 차를 주문하고 내게 말을 덜 걸고 책을 많이 사 가는 사람을 '좋은 사람'으로 분류하는 건 아닌지. 휴지를 달라, 블라인드를 내려달라, 따뜻한 물을 달라, 음악 소리를 줄여달라, 대화 좀 하자, 끊임없이 요구하던 손님이 갔다. 손님이 없다. 내가 잠시 다른 일에 집중할 수 있게 해주는, 어쩌면 책방지기로서 덧없이 '불행'한 이 시간에 나는 기꺼이 감사한다.

무표정한 표정

생기가 사라졌다고 했다. 못 알아볼 뻔했다고 했다. 턱뼈가 아프냐고 했다. 이제는 손톱을 기르지 않냐고 했다. 너무 늦게 와서 미안하다고 했다. 속눈썹을 연장했는데 어떠냐고 물었다.

친구는 그대로였다. 더 젊어 보였다. 친구는 하이힐, 나는 낡은 운동화를 신고 있었다. 우리는 오른손과 왼손을 잡고 소머리국밥을 먹으러 갔다. 친구는 국물과 파를 남겼고 나는 고기를 남겼다. 우리는 둘 다 그릇에 남은 음식 찌꺼기를 걱정했다.

얼굴은 표정을 담고 있다. 세월은 고양이가 손톱으로

할퀸 가구처럼 얼굴에 자국을 남긴다. 나에게 생기와 웃음이 사라졌다고 말한 친구의 눈썹 끝에는 무기력이 매달려 있었다. 친구의 구두 굽을 갈기 위해 내려간 건물 지하의 구두 수선공 얼굴에는 어두운 구름 같은 표정이 떠돌았다.

생각과 감정이 표정을 만들 것이다. 매일 만나는 사람이, 곁에 있는 사물이 그 사람을 만든다. 그 표정이 굳어지면 인상이 되겠지. 친구는 항상 자신의 왼쪽에서 자는 고양이와 얼굴이 닮아간다고 했다. 우리가 좋아했던 앵커는 정치를 하면서부터 탐욕스러운 얼굴로 바뀌었다며 깔깔 웃었다.

살충제 용액이 담긴 그릇에 몇몇 벌레들이 빠져 죽는다. 생기가 줄어든 내 얼굴 위로 낙엽이 떨어진다.

나는 만추 저녁 공원의 황량함을 사랑한다

외젠 앗제의 사진집을 본다. 그는 '현대사진의 아버지'
'20세기가 낳은 탁월한 사진작가'로 불린다. 그러나 그는
사냥꾼이기도 했고 역사가이기도 했으며 장인이기도 했
고 잡동사니 수집가이자 교사였다. 그는 '굴절되고 반항
적이며, 우울하고 도덕적인 역사관'에 입각해 의도적으로
사진을 찍는 작가라고 자신을 표현했다. 사진작가 에드
워드 웨스턴은 외젠 앗제의 나무 사진 연작을 보며 이렇
게 말했다. "나는 활활 타오르는 불길을 기대했으나 그
저 따사로운 온기만을 느꼈을 뿐이다." 자기성찰적인 웨
스턴의 이미지와 비교해볼 때 앗제의 이미지는 훨씬 추

상적이지도 예술적이지도 않지만, 더 굳건하게 땅에 접근해 있으며 더 강한 생명력을 보여준다. 즉 앗제는 나무를 예술보다는 자연 속에 위치시키고 있는 것이다. 폴 세잔의 '사과성(apple)'이 앗제의 '나무성(treeness)'과 상통한다. 즉, 나무를 나무로 살게 해주는 것이 중요하다.

나는 시를 지으면서 숲을 나무뿌리를 벤치에 떨어진 낙엽을 내 마음대로 왜곡하며 해석했다. 나무는 나무가 되려는 것인데, 마치 벌목공처럼 언어의 칼로 재단했다. 내 식으로 끌어들여 해석했다. 무심하게 보지 않았다. 무생물에 생명을 환기하거나 사라져버린 작은 길을 작품에 복원하기는커녕 그 반대였던 적도 많다. 김수영이나 프랑시스 퐁주가 말한 '사물의 편에서' 글을 쓴다는 것을 실행할 나이도 되었건만, 나는 사물을 '자기 동화'라는 말로 멋대로 훼손하는 것이다. 주위의 사물들이 어둠에 묻히는 시각, 내가 만지고 있는 이 차가운 상수리나무는 예술에 있기보다 자연에 있어야 한다.

사람과의 관계도 그러하다. 자연에 감정을 이입한 시인처럼 타자를 자기식으로 해석하고 동일화해서는 안 된다. 나는 상대방을 나의 감정과 해석으로 끌어당겨 실패한 적이 많다. 나와 분리된 존재 자체의 빛과 감각 그리고 습성까지, 있는 그대로 두는 것, 그를 그 자체로 발현되도록 두는 것은 얼마나 어렵고도 아름다운 일인지.

소파를 타고

　옆 건물 오피스텔 입주민이 멀쩡한 소파를 버린다고 내놓았다. 나는 약국에 가다가 그 광경을 목격하고 그에게 다가가 말했다.

　"이 소파를 제가 가져가도 될까요?"

　"그러시면 제가 고맙죠. 폐기물 딱지를 사러 갈 필요가 없게 되었네요. 아직 쓸 수 있는 건데 좁은 데로 이사 가는 길이라 어쩔 수 없이……."

　나는 그 소파를 옮기며 열 번 정도 쉬었다. 드디어 그 소파를 책방 입구 쪽 바깥 창가 데크 위에 놓았다. 흰색에 더 가까운 미색의 3인용 인조가죽 소파가 안성맞춤이었다. 여기서 사람들과 나란히 앉아 차를 마시며 노을을 볼 수 있겠구나.

며칠 동안은 퇴근길에 그 소파를 안으로 들여놓았다가 출근하면 꺼내놓곤 했는데 무겁다 보니 허리에 무리가 갔다. 그래서 아예 온종일 바깥에 놓아두었다. 그런데 출근해보면 개 발자국이 있거나 쓰레기와 음식 찌꺼기 등이 놓여 있어 기분이 상한 채로 걸레질하곤 했다. 어떤 날은 전복 껍데기도 있어서 신기했다. 여기가 바닷가도 아닌데 말이지.

하루는 심야에 책방으로 노트북을 가지러 갔다. 한 여성분이 커다란 우산을 펼쳐 자신을 가린 채 소파 위에 누워 있었다. 나는 그분을 깨워야 할지 말아야 할지 갈등하다가 열쇠로 책방 문을 열었다. 그 소리를 들었을 법도 한데 그녀는 계속 누워 있었다. 누구든 잠시 쉬었다가 가라는 의미로 내놓은 소파니까 나는 아무 말 없이 문을 잠그고 돌아왔다. 며칠 후에 친구와 저녁 식사를 하고 책방에 차를 마시러 갔다. 저번과 똑같이 커다란 우산을 펼쳐 행인들이 자신을 보지 못하게 가린 채로 그녀가 소파에 드러누워 자고 있었다. 더러운 신발을 신은 채로. 나는 그녀가 뒤척이는 순간에 말을 걸었다.

"내가 집이 없어서 여기서 자고 가는데, 여기 주인이세요?"라고 그녀는 내게 물었다. "잠시 쉬는 건 괜찮지만 …… 숙박은 곤란하고요. 게다가 여기서 식사까지 하시면…… 흔적을 남기지 말고 치워주셨으면 해요." 나는 띄엄띄엄 말을 이어가며 여기저기 널브러져 있는 김밥과 음료수병을 보고 순간적으로 인상을 찡그렸던 것 같다.

벤치가 드문 거리에 행인들이 잠시 쉴 공간으로 자유롭게 사용하기를 바랐던 소파가 한 사람의 잠자리가 되는 건 당치 않는 일로 보였다. 그녀는 다소 뻔뻔했고 많은 비닐봉지와 커다란 가방을 소파 앞에 두고 있었다. 드문드문 며칠 밤을 이 소파에서 웅크려 자며 소파를 타고 꿈나라로 간 것이다.

그녀가 짐을 주섬주섬 챙겨 떠난 밤 11시경, 나는 물티슈 여러 장을 뽑아 소파를 구석구석 깔끔히 닦았다. 그러면서 나의 속내를 들여다봤다. "소는 응시한다. 하지만 보지는 못한다"라는 미술의 이해에 대한 코멘트처럼 나는 그녀를 응시했지만 보지는 못한 게 아닐까? 이불도 없이, 밤엔 춥지 않았냐고 물어봤어야 했나? 어떤 이들은 대가족이 살 만큼 넉넉한 공간에서 혼자 살고, 또 어떤 이들은 하룻밤 잠잘 곳이 마땅치 않은 게 현실인데……. 생활에 적용하지 못한 나의 작은 신념이 내 눈을 흐트러 뜨린다.

복숭아와 봉숭아

복숭아를 사 왔다. 이 부드럽고 연한 과육이 내 감각을 깨운다. 복숭아 껍질에 있는 털 때문에 피부 알레르기를 일으키던 사람이 생각난다. 나에게 눈에 넣어도 아프지 않은 것이라고 말했던 사람. 내 할머니는 한글을 몰랐는데 어떻게 한평생 사셨을까? 내 손가락에 봉숭아 꽃물을 들여주시고는 담배 심부름을 시키셨지.

눈에 넣어도 아프지 않은 것들은 눈앞에 있다. 저 먼 어딘가가 아니라 바로 눈앞에 있다는 것. 이것을 알게 되기까지 나는 아직 멀었다. 알았다고 믿는 순간이 있지만 진짜로 알기까지는 멀었다. 복숭아와 봉숭아의 차이만큼. 삶은 싱그럽지도 근사하지도 황홀하지도 않지만, 살아 있으므로 보잘것없는 것에도 복받친다. 복숭아 한 알을 주고 간 사람이 오늘의 마지막 손님이었다. 어딘가의 단골이 된다는 건 어떤 느낌일까? 들고 온 장바구니에서 복숭아 하나 꺼내주고 싶은 기분일까?

손님을 배웅하러 나왔는데 조용하다. 매미 소리조차 들리지 않는다. 며칠 전까지 그렇게 울어대더니. 괴괴하다. 이 말이 쓸쓸한 느낌이 들 정도로 매우 고요하다는 뜻이라는 걸 오늘 알았다. 괴이하다는 말과 비슷한 줄 알았는데. 소리만으로 어림짐작하면 안 된다. 늦여름 저녁이 깊어간다. 나는 늦여름이 좋다. 눈에 넣어도 안 아플 정도로.

영하의 날씨에 영미와 영희를 생각함

우리는 불완전하다. 우리는 불안하다. 우리는 공장에서 만든 완제품이 아니라서 우정을 생산할 수 있다. 불완전하기 때문에 아슬아슬하기 때문에 아름답다. 영희와 영미, 다소 고지식한 이름의 친구들. 우리는 십 대에 만났다. 그들이 내게 우정의 전부를 준 이들은 아니지만 그 모든 것이 일어나는 마음을 가르쳐주었다.

우연한 우정이라니! 안면 인식으로 출입구가 열리는 펜트하우스에 사는 사람들에게 우연한 만남이 가능할까, 로봇이 쓴 소설을 읽고 리얼돌과 나누는 사랑이 편리한 시대에 무슨 우정이냐고 묻는 사람도 있겠지. 우정이란 게 무너진 사원의 분홍빛 사암 같다고 해도, 사람들이 만져 사라져가는 부조 속 무희의 젖가슴 같다고 해도, 사랑에 밀려 용례를 알 수 없는 낱말이 되었다고 해도 나는 우정을 믿는다. 내가 몸무게를 의식하는 한 말이지.

인생의 잣대는 우정이야. 영희가 말했지. 나이가 더 들어도 훌쩍 떠나자. 아무것도 할 일이 없는 시간을 만들자. 가진 것을 지키려 애쓰지 말고 낯선 이들과 친구가 되자고. 누군가 꾀죄죄하게 맨발로 나타나도, 삐걱거리는 나무 침대에서 앓게 되어도, 늙고 추해져도, 피투성이가 되어도 껴안아 주기로. 우정은 음악처럼 영혼의 영역이니까. 시장 어귀에서 추위에 떨며 채반으로 감자를 가는 여자를 보았지. 우리는 감자전을 먹으며 말했어. 우정은 작고 누추해 보이지만 성스러운 오두막 같은 거라고. 우리는 영미 집에서 자주 밥을 먹었다. 영미야, 부동산 중개업으로 바쁘지? 어딘가에서 홀로 무너지는 느낌 속에 있는 건 아니지? 나는 네가 될 수 없지만 네가 되어보려고 자신을 부수려는 친구가 있다는 걸 기억해줘.

오늘부터 1일

담배 줄이기

산책하기

하루에 한 끼는 요리해서 먹기

어디 아프냐고 물으면 괜찮다는 말로 얼버무리지 말고

아픈 데를 말하기

서로 엇갈려도 부딪쳐보기

낮과 밤이 만나는 저녁처럼

상처 입은 천사

내 또래의 남자가 와서 주스를 주문했다. "키위를 직접 갈아서 주시는 거 맞죠? 저는 생과일주스만 마셔요. 다른 걸 섞으면 안 됩니다." 그는 건강을 위해 커피나 담배는 일절 입에 대지 않으며, 술도 전혀 마시지 않는다고 했다. 그는 내가 책방을 열고 난 후에 지역신문에 나온 짤막한 인터뷰 기사를 보고 찾아왔던 사람이다. 이 지역에서 정치 활동을 하며 감투를 쓰고 있는 곳이 열 군데쯤 된다. 우리가 얼굴을 알게 된 건 근 3년이 다 되었다. 희고 깔끔한 얼굴에 훤칠한 키, 영화, 드라마, 음악을 좋아한다는 사람, 주식으로 돈을 꽤 벌었다고 했다. 구김

없는 옷을 입고 큰 외제 차를 타고 다닌다. 여행이 취미여서 안 가본 나라가 거의 없는데, 언젠가는 북극권 쪽으로 신비한 오로라를 보러 갈 거라고 했다.

"주차비 좀 내주실 수 있죠?" 그가 겸연쩍고 징그러운 미소를 띠며 말한다. 책방이 있는 오피스텔 주차장은 손님이 주차하면 2시간까지는 백 원, 그 이후 24시간 이내엔 2천 원을 내는 시스템인데 그는 그 2천 원을 아끼고 싶은 거다. 나는 그 중년 부자 남자의 말쑥한 양복바지가 문을 스치며 나갈 때 속이 시원했다. 책방 운영의 어려움을 알고 도움을 주려는 이들 중에 부자는 없다. 책을 살 때 거스름돈 몇백 원이라도 보태주려고 하는 이들은 형편이 고만고만한 이웃이나 벗들이다. 비싼 양복을 맞추고 모발 이식에 몇백만 원을 쓰는 사람이 책값 얼마가 무서워서 도서관에서 빌려본다. 집에 책이 많으면 이사할 때 짐이 된다는 게 이유다. 가성비 운운하며 스스로를 합리적인 사람이라고 평가하는 이들의 인색함이란!

여기까지가 그에 대한 나의 표피적 인상이었다. 하지만 이야기를 좀 더 나눠보니 그를 아주 조금은 이해할 수 있었다. 사람들이 자신의 돈을 보고 친절한 것을 경계하다 보니 습관적으로 짠돌이 행세를 하게 된다는 것이었다. 전역 병사의 몸에 밴 걸음걸이처럼, 아마 그런 습관이 장기화되면서 그의 인격을 만들었을 것이다.

  나는 핀란드 북쪽 라플란드 지역의 로바니에미라는 산타클로스의 마을에 가보고 싶었다. 오로라 속에서 순록이 뛰놀고 있을까? 산타의 마을에 사는 소년 소녀들은 즐겁고 행복할까? 핀란드 하미나 출신의 후고 심베르그의 화집을 펼쳐본다. 그의 그림 속에는 사춘기 소년들이 자주 등장하는데 하나같이 잔뜩 찌푸리거나 심각한 인상을 하고 있다. 애당초 동심이니 천진난만함이니, 그런 말 따위 알지도 못한다는 듯 지치고 늙고 우울한 소년들의 표정은 손에 흰 들꽃을 쥐고 있는 또래의 금발 천사와 대비를 이룬다.

  한 사람의 내면에는 상처 입은 천사가 산다. 침울하며 반항적인 아이들도 함께 산다. 그림을 자세히 보면 얼굴만 소년인 어른들의 모습이다. 한 인간의 내면에는 마을이 있고 강이 있다. 추운 겨울, 황톳길을 발아래만 보며 걷는 나와 타인의 눈치만 보며 걷는 내가 상처 입은 천

사인 나를 어디론가 데리고 간다. 광대한 병원과 흡사한 이 세상, 매섭고 황폐한 지상의 길을 가는 사람들에게는 최소한 세 개의 자아가 있다는 심베르그의 상징일까? 이건 나 혼자만의 해석이나 상상일까?

조금 전에 검은색에 가까운 푸른 코트를 입고 나를 방문했던 그 남자에게도, 왼쪽 날개 아래가 약간 찢어진 피 흘리는 천사가 살고 있을 것이다. 옷만 성인복으로 바꿔 입었을 뿐 두 명의 사춘기 소년은 영원히 자라지 못한다. 앞의 자아는 내면을 응시한 채, 뒤의 자아는 타인의 눈을 의식하며 걸어간다. 나는 돈을 많이 가졌지만 내면의 마을이 황량하고 피폐한 사람들을 미워하지 않기로 했다. 그렇다고 가여워하거나 가까이할 맘은 없다. 이 겨울 저녁에 손님이 더 올 것 같지도 않아서 이제 문을 닫고 나가 살얼음이 언 호숫가를 조금 걸어야겠다.

사운드 오브 앰비언스

그 시절에는 세월이 느릿느릿 무료하게 흘러갔어. 너는 글을 쓸 거라고 했지. 증기선에서 사람들이 내리는 영화를 보았지. 무성영화였어. 모자에 하얀 깃털을 꽂은 흰옷 입은 여자가 울고 있었지.

그 무렵에는 세상을 무음으로 설정해두고, 나는 두더지처럼 발로 땅을 팠지. 집으로 돌아올 때는 지치지 않았지만 날이 저물었어. 달빛이 그득해도 밤이 대지로부터 솟아나서 더는 일할 수 없었거든.

방에 불을 켜자 최초로 방의 소리만 났지. 안으로 거둬들이는 의미 없는 소리들. 미동도 숨소리도 없는 사람을 본 건 처음이었지. 아랫목에 할머니가 누워 계셨어. 옆방 사람이 말했어. 할머니가 나한테 미안하다고 전해달랬다고.

너는 나를 빈방의 소리로 바꿔놓았니? 부고 아래 붙은 계좌 번호처럼. 네게 빌려준 책은 언제 돌려받을 수 있는 거니? 더는 구할 수 없는 거라고 말했잖니.

얼어붙은 땅을 파는 사람들 곁에서

새해 첫날을 장례식장에서 지새웠다. 사랑했던 지인이 돌아가셨다. 그분이 살아 계실 때 나는 그분의 삶이 답답했다. 취미가 없고 집안일만 아는 사람, 농사를 짓던 사람, 변변한 스킨로션 하나 없는 사람, 외국 여행 한 번 못 가본 사람, 일찍이 허리가 굽은 사람, 자식을 위해 사는 사람. 먹지 않고 입지 않고 사지 않고 모아놓은 돈을 자식에게 주라고 했다.

땅이 얼었다. 네모나게 흙을 파내고, 내린 관을 열어 끈 풀고 한지를 덮은 후, 다시 흙을 뿌리고 봉분을 완성하는 데 한나절이 지났다. 나는 불꽃을 피우는 가스통 옆에서 몸을 녹이다가 패딩 점퍼 끝자락을 태워 먹었다. 사촌이 운동선수 점퍼 같다고 말한 길고 검은 점퍼.

삶에는 리허설이 없다. 삶에는 앙코르도 없다. 준비운동만 하다가 한 라운드도 링에 오르지 못한 채 생을 끝내는 운동선수가 있고, 예행연습만 하다가 무대가 무너진 연극배우도 있다. 우리는 그 사실을 안다. 모르는 이가 없다.

그렇다고 내일의 소풍을 위해 오늘 김밥 재료를 사 오는 것이 무의미한 일일까? 설렘에 하루를 다 날려버리는 게 멍청한 짓일까? 오늘만이 삶이라고 외치는 이들이 틀린 건 아니지만, 나는 만년 취업준비생처럼 가방을 챙겨 놓고 밥을 먹는다. 죽음의 꼭두각시가 되지 않으면 어떤 기쁨도 순간인 걸 깨닫는다. 어떤 슬픔도 죽음이 있기에 견딜 수 있다.

우리는 화가 나 있다

"나는 화가 나 있다. 내가 입양된 사실을 감추듯 이야
기하지 않는 가족에게. 나는 화가 나 있다. 나를 만나고
싶어 하지 않는 또 다른 가족에게. 나는 화가 나 있다.
쉬쉬하는 분위기에. 굳이 입양 이야기를 꺼내지 않는 이
들에게."

마야 리 랑그바드는 자신의 시론을 이야기할 때 입양
이야기만 주로 하게 된다며 입을 열었습니다. 담담한 표
정과 지긋한 목소리로 긴장도 떨림도 없이 '나는 화가
나 있다'라고 말하는 것이 저에게는 인상 깊었어요. 이어
서 「그녀는 화가 난다」라는 자작시를 덴마크어로 낭독했

어요. "그녀는 화가 난다/그녀는 어떤 점에서는 한국에서 더 편안함을 느끼지만 또 어떤 점에서는 덴마크에서 더 편안함을 느낀다/그린란드에서 느낀 이후로 체험하지 못한 기분, 한국에서 그녀는 풍경 속으로 사라지는 기분이 든다." 마야의 거의 모든 시는 슬픔과 분노가 사무쳐 있어 듣는 내내 고통스러웠습니다. 어린 시절 한국에서 덴마크로 입양되어온 이 젊은 여성 시인은 한국어를 인사말 정도만 할 수 있어요.

저는 지금 스웨덴에서 이 글을 쓰고 있습니다. 책방을 며칠 닫았습니다. 나흘 전에 코펜하겐의 아름다운 미술관(쿤스탈 샤를로텐보르)에서 '한국 여성시 낭독회 및 세미나'가 있었습니다. 이런 희귀한 문학 행사는 덴마크 예술재단과 번역원의 지원을 받아 이뤄졌고, 한국에서는 김혜순 시인과 제가 초대받아 참석했습니다. 마야 리 랑그바드도 한국계 덴마크 시인으로 참석했고 미국에서 온 시인 요하네스 고란슨이 세미나의 발제를 맡았습니다.

행사는 김혜순 시인이 먼저 낭독하고, 이어서 제가, 그리고 다음으로 마야가 낭독하는 순서로 진행됐습니다. 김혜순 시인께서는 『죽음의 자서전』에 실은 작품 위주로 낭독하시고 "아직 죽지 않아서 부끄럽지 않냐고 매년 매달 저 무덤들에서 저 저잣거리에서 질문이 솟아오르는 나라에서, 이토록 억울한 죽음이 수많은 나라에서 시를 쓴다는 것은 죽음을 선취한 자의 목소리일 수밖에 없지 않겠는가"라고 말씀도 하셨지요.

저는 30분 동안 몇 편의 시를 읽었습니다. 꽉 찬 대규모 객석에서 낭독을 들은 덴마크 현지 남성복 디자이너는 전율과 소름이 일었다고 고백했습니다. 이메일을 받은 경험도 있는데요, 저의 낭독을 듣고 영감과 행복을 느꼈다고 하며 한국 여성은 희망이 있다고 썼더군요. 이메일을 보낸 샤롯 김 버드 또한 입양 여성입니다. 유년에 한국에서 덴마크로 보내진 분으로, 우리의 낭독회 소식을 듣고 덴마크 먼 곳에서 코펜하겐까지 달려오셨어요. 한국말을 전혀 할 줄 몰라 다소 어색한 영어로 편지를 쓰셨지만 그가 느꼈던 충만한 감정만은 능히 전달받고도 남을 정도였어요.

마지막 섹션인 세미나 시간에 요하네스가 김혜순 시인과 저를 향해 질문했습니다. "한국의 여성시는 왜 이렇게 참혹한가요? 왜 살인과 강간, 죽음의 서사와 귀신, 고아,

무당, 슬픈 어머니 등의 화자가 자주 출몰합니까?" 덧붙여 그는 "한국 여성시는 너무나 특이하며 울고불고 비명을 지를 만큼 섬뜩한데 그 까닭을 알 수 있을까요?"라고도 물었어요. 객석은 갑자기 조용해졌습니다. 모두 어떤 대답이 나올지 궁금한 눈치였어요.

저는 세월호 참사와 강남역 사건 등을 말할 수밖에 없었습니다만, 남성 중심적 사회에서 차별과 억압, 강간이나 성폭력이 어떻게 이루어지는가를 다 말할 수는 없었습니다. 말할 시간이 모자라서만은 아니었습니다. 행복지수 1위라는 나라에 와서 자살률 1위인 나라 국민으로서 느낀 부끄러움 때문도 아닙니다.

김혜순 시인은 귀국하시고 저만 스웨덴 말뫼의 서점으로 가서 낭독회를 해야 합니다. 이곳에도 남한이라는 작은 분단국가에서 온 여자 시인에 관심이 큰가 봅니다. 많은 분이 참석 의사를 밝혔다고 하네요. 그중에서 김지혜라고 자신을 밝힌 스웨덴 입양 여성이 개인적 만남을 요청해왔습니다. 경북 영주가 고향이며 한국에 네 번 방문한 적이 있고 생부모가 살아 계시다고 합니다. 이곳 스웨덴의 양부모 얘기며 다니는 스웨덴 대학 얘기도 하고 싶다고 하셨습니다. 오늘 스웨덴 낭독회 이후에 둘이 만날 건데 무슨 말을 해줄 수 있을지. 아마 빼닮은 우리는 모국어가 아닌 말로 대화를 하며 한국에 대해 화가 날지도 모르겠습니다.

숙주

나는 숙주나물을 볶고 있었다 그 새벽에 그가 찾아왔다 어느 날 혼자 사는 사람이 사라져도 아무도 모르기 때문에 그가 나를 찾아왔을 것이다 나는 일수 이자가 밀려 있고 어머니의 죽음을 사무적으로 대한 의사와 싸운 적 있지만 이 먼 곳까지

뜨거운 프라이팬으로 그의 머리를 내리치지 않았다 표적이 되면 표정 관리를 잘해야 한다 순순히 계단을 내려가 그의 차 뒷자리에 탔다 댈러스 수목원 근처였다 거리에 안개가 끼어 있었다

우리는 오스틴으로 갑니다 이 말끝에 그는 며칠 전에 뇌를 열었다가 닫았다고 했다 이후로 모든 소리가 자신의 가청 범위를 벗어난다고 했다 나는 그의 말을 믿지 않았지만 아무 말도 하지 않았다 내면에 발을 들여놓으려고 두피나 피부를 여는 사람은 없는 법이다

행방을 감춘 번역가 지윤에게 존이 약혼녀와 찍은 사진을 봤다는 메시지를 보낸 후에 이 자가 왔다 그녀는 내가 자신의 오픈 릴레이션십에 방해된다고 설마

나는 텍사스에 온 것을 후회하며 물었다 청부 살인을 의뢰받았나요? 내 육체를 먹을 건가요? 그가 운전한 지세 시간쯤 지났을 때 무려 두 개의 태양이 뜨고 있었다 시트는 차가웠지만 트렁크 안보다 낫다고 생각했다 얼마나 많은 사람들이 자신이 죽길 바라는지 알 수 있는 사람은 없다

여기를 보세요

모임이 끝나고 흩어지기 전에 단체 사진을 찍을 때가 있다. 나중에 사진을 보며 이 사람은 어떻고 저 사람의 습관은 어떻고 그 사람은 조심해야 한다든가 하는 그런 말들을 들을 때가 있다.

한 인간은 우주 같아서, 서로 부딪힐 때 그 내면에 팡 팡 터질 준비를 하는 위선과 오만, 광기를 가지고 있다는 걸 안다.

많은 사람이 모이는 공간을 운영해본 경험이 없을 때와는 달리, 이제 나는 내 귀에 틈틈이 넣어주는 말들에 무심해진다. 그것은 무관심과 다르다는 것도 안다. 미리 안 정보나 뒤늦게 알게 된 담화 등을 가지고 한 존재를 파악하지 않으려고 한다. 나의 카메라로 순간순간의 진실, 그런 게 있다면, 진실을 포착할 것. 나는 아직도 사람이 선하게 변할 수 있는 존재라고 믿는다. 특히 예술은 의도성 없이도 사람을 그 방향으로 이끈다. 예술은 존재의 깊은 곳으로 플래시를 비춰 자신도 알지 못했던 밝고 긍정적인 면을 탐사·발굴케 한다. 내 말은 그가 어떤 사람이었든 책방을 자주 출입하다 보면 바뀔 거라는 건데, 단지 나의 바람만은 아닐 것이다. 노엘 베이틀러의 말도 확신을 더해준다. "시는 내가 발견한 최고의 보호자였다. 시는 나를 올바른 방향으로 이끈다. 나는 시와 함께하며 길을 잃은 적이 없다." 나와 같으면서도 다른 의견이긴 하다. 시는 길을 잃게 함으로써 다른 길을 발견하게도 하니까. 책방을 운영하며 마주친 변화들을 통해 '동네 책방이 주민에게 끼치는 효과'에 관한 보고서를 써보면 어떨까 싶다.

모든 국민이 시인이면 안 되나요?

오직 글로만 독자를 만나야 한다는 작가들이 있다. 순결하며 염결한 태도일 수도 있고 작가로서의 고집일 수도 있다. 책을 읽는 건 기본적으로 묵독이고 혼자만의 비밀스러운 작업이라고 말한 내 동료도 있다. 그런 말을 했던 그도 산문집 출간 직후에 대담과 낭독회에 참석하더라.

시인이 너무 많다고 투덜대는 시인이 있다. 모두 시를 쓰면 왜 안 되나? 등단해야만 시인이라고 불러야 하나? 누가 "넌 시인이다" 하며 자격증을 발부하나?

문학은 인간을 억압하지 않는다. 오히려 인간을 자유

롭고 더 넓은 지평으로 이끈다. 누구를 배제하거나 추앙하지 않는다. 책방지기로서 나는 책방에서 낭독회를 할 때마다 초대 작가와 관객 사이의 거리 좁히기, 벽 허물기를 시도한다. 가능한 한 더 많은 사람이 소리 내어 텍스트를 읽거나 자신의 의견이나 감상을 말하도록 유도한다.

글을 쓰고 책을 읽고 느끼며 말하는 것, 이 모든 것이 문학 하는 것이다. 각자가 쓴 글이나 읽은 책에 대해 소통하며 서로에게서 조금씩 다른 모습들을 발견하고 수용하는 순간이 아름답게 보인다. 그 시간에 우리는 자신의 한계를 넘어선 새로운 존재로 거듭난다. 이때껏 살아온 삶과 다른 새로운 삶에 다다르는 기분은 어떨까.

이 세상 거의 모든 사람의 호주머니와 가방 안에 휴대전화가 있듯이 책 한 권이 들어 있으면 좋겠다. 동네 책방에 와서 책 한 권 고르는 일이 특별한 경험이나 사건이 아니기를 바란다.

오늘도 나는 책방 바닥에 무릎을 꿇고 걸레질을 한다. 대걸레로 잘 닦이지 않는 얼룩이 있다. 무릎을 꿇고 있으면 보이지 않는 존재를 향해 기도하는 기분이 든다. 책방이 성장 혹은 발전하는 것까지는 바랄 수 없다. 모쪼록 꾸준히 지속될 수 있기를 바란다. 지금처럼 위태롭지 않게, 기왕이면 신나게, 다른 사람들도 따라 하고 싶어질 만큼.

언어의 팔레트

한 라디오 방송국에서 연락이 왔다. 청취자들이 들었을 때 가슴 따뜻해지며 삶의 의욕이 나는 시 한 편을 보내달라고 했다. 나는 오늘 이 시간까지 짬짬이 시집들을 펼쳐보았다. 올해 9월에 낸 『표류하는 흑발』까지 총 여섯 권의 시집을 아무리 살펴보아도 방송 작가가 요구한 그런 작품은 없었다.

'나는 왜 이렇게 어둡고 절망적인 시들을 썼을까? 심지어 위악적이며 난해하고 퇴폐적이라는 평을 듣는 시들을 많이 지었을까?' 스스로에게 자문했다. '세상이 어두우니까 어두운 시를 쓰는 거야'라고 나의 내면에서 대답이 들려왔다. 카카오 99퍼센트 초콜릿 한 알을 입에 넣자, 또 다른 목소리가 이어졌다. '세상이 다크하니까 작품이라도 밝고 환하게 써야지' 두 번째 목소리는 아주 생소했다. 나에게도 이런 생각을 할 수 있는 자아가 느닷없이 태어난 것을 느꼈다. 나는 조금씩 변해가는구나. 사람들 속에서 배워가나 보다.

겨우겨우 시 한 편을 골랐다. 여섯 권의 시집, 300여 편의 시 중에서 그나마 희망적인 시를 발견했다. 이메일을 썼다. "이 시는 2014년 세월호 참사와 촛불집회를 경험하며 쓴 시입니다. 『히스테리아』라는 시집에 실려 있어요. 당시 슬픔과 위기감이 가득했던 시간의 강둑을 친구들과 걸어갈 때, 친구가 나지막이 부른 노래가 제게 위안을 주었어요. 어둠이 땅속 씨앗에게 희망을 주듯, 우리에게도 내면의 빛을 불러오겠죠." 그리고 파일 「어둠의 선물」을 첨부했다.

어둠은 노래를 선물한다
그림자는 뾰족한 부분을 가지고 있다

뾰족하고 갸름한 형태로 지상에 한순간 퉁명스레 엎드린다

상냥한 바람일수록 촛불은 잘 사윈다

너의 그림자가 내 마음을 찌른다

사라질 수척함이여

어두운 강을 따라 걸어갈 때

누군가 지나간 유행가를 불렀다

그렇게 어두운 건 아니라는 듯이

그렇게 늦은 밤이 아니라는 듯이

우리 모두는 노래하고 싶어졌다

어두웠기 때문에

촛농이 심지를 덮은 후에도

애써 골라 보냈건만 돌아온 답신은 '작품을 이해하기 어렵다. 중학생이 들어도 이해할 수 있는 쉬운 시를 보내 달라'는 내용이었다. 내 시에 대한 설명은 아무 소용 없었다. 나는 다음 기회에 보내겠다고 했다. 그 다음 기회가 언제가 될지 아무도 모른다.

나는 내 고민이 세상에서 가장 컸다. 나는 내 슬픔이 세상에서 가장 무거웠다. 그런데 책방에서 사람들을 만나면서 평온한 얼굴을 한 평범한 사람들에게도 나 못지 않은 아니 나의 슬픔보다 훨씬 큰 슬픔이, 내가 겪은 불운보다 엄청난 가족 문제와 상실이 있다는 걸 알았다. 특히 책 처방을 하면서부터 그런 사실을 절실히 느꼈다.

"저는 천주교 신자인데, 부득이 여자 친구와 낙태 수술을 한 후 매사 모든 일이 자꾸 엉망진창이 되고 불행한 일들이 생겨요. 벌을 받는 걸까요? 우울증과 죄책감, 불안 등으로 병원에 다니고 있긴 한데. 책 처방을 통해 뾰족한 해답을 얻을 수 있을까 해서……"라고 말한 청년의 반듯하고 흰 이마가 떠오른다.

'CBS 김현정의 뉴스쇼' 출연 이후, 책 처방 의뢰인의 수가 늘었다. 멀리서 어머어마한 고민을 안고 나를 찾아와서 책 처방을 요청하는 사람이 많아졌다. 그들은 마치 유능한 정신과 의사를 대하듯 나를 바라봤다. 나는 나의 독서 한계를 절감했을 뿐만 아니라 나의 과거에 대한 연민과 저주를 멈추어야 했다. 누구에게도 말 못 할 슬픔과 절망을 안고 쾌활한 척 회사에 다니고 불면증에 시달리는 사람이 많은 것이었다. 침대까지 따라오는 자책과 후회로 지옥 왕국을 짓는 이들. 그러나 책방이 응급실도 아니고 책이 특효약이나 진통제가 되긴 어렵다. 오히려 독서는 자신과 현실을 더 여실히 바라보는 과정이 되어 처참한 상처 부위를 응시해야 할 때도 많다. 그러나 그 통증이나 절망감, 수치심 등을 이겨낸다면 천천히 지속적인 수술 효과를 볼 수 있을 것이다.

헤르만 헤세는 "작가의 언어란 화가의 팔레트 위 물감과 같다"라고 했다. 나는 명도 낮은 물감만 사용한 화가가 아닐까? 세상을 침침하고 불투명하게 채색한 건 아닐까? 지금부터라도 스스로에 대한 학대를 멈추고 밝은 면을 찾아보아야겠다. 운명은 습관에 기생한다. 책을 사면 주는 손거울을 들고 미소를 지어본다.

우리는 만나 다른 사람이 된다

유약영 감독의 영화 〈먼 훗날 우리〉를 보면 여자 주인공 팡샤오샤오는 아프게 결별했던 연인 린젠칭을 10년 만에 우연히 북경행 비행기 안에서 만나게 된다. 그는 더이상 궁핍하고 불안한 청년이 아니었다. 결혼해서 안정적으로 보이는 삶을 살고 있다. 그녀는 웃으며 말한다. "내가 사귄 남자들은 모두 나를 떠나 부자가 되거나 성공하더라"라고.

책방에 자주 와서 나와 교감했던 사람들은 문학을 좋아하는 사람들이었다. 그들은 처음 만났을 때와 지금 아주 많이 달라졌다. 책방에서 소소한 모임을 하거나 함께 산책했던 사람들, 책방에서 일일 책방지기로 일해준 사람들, 책방에서 시 창작 모임을 함께했던 사람들, 책방에서 스케치북을 펴놓고 그림을 그렸던 사람들, 시 낭독회 객석에서 시를 읊었던 사람들, 책방 행사를 위해 음식을 마련해왔던 사람들인데 차츰차츰 변해갔다. 이들은 서로의 안부를 묻고 타자를 배려했다. 서로 취업 자리를 알아봐주기도 했다. 우리가 알게 된 3년의 시간 동안 서로를 만나고 문학을 체험하며 크고 작은 변혁들이 일어났다.

여행 마니아 S는 어느 날 여행 경험들을 글로 쓰고 그림으로 그리더니 책 두 권을 연달아 출간한 작가가 되었다. J는 올해 쉰 중반이 되어 문예창작학과에 입학했고 Y는 『페이퍼이듬』 창간호에 시를 발표한 이후로 활발히 활동하는 시인이 되었다. 자칭 목수라는 J는 내년에 첫 그림 전시회를 하려고 갤러리와 계약해 창작열을 불태우고 있다. K와 U는 책방에서 만나 연인이 되었는데 요즘은 책방에 자주 오지 않는다. H는 오랫동안 갈등했던 이혼을 감행하고 훨씬 밝고 자존감 상당한 사람이 되었다. M은 시 쓰기에 주춤한 반면 자신의 업에 열중하고 배우 K는 책방 행사 때 종종 시를 각색한 연극을 선보이고 H

는 노래로 시를 말한다. 회원 1호를 자청했던 K는 자신을 찾아 영영 떠났다.

그들은 평범해 보이는 생활인들이었다. 어느 순간, 자기 안에 감추어져 있던 자질을 발견하고 자신이 진짜 원하는 것이 무엇인지를 알아채 새롭게 태어난 사람들. 나는 눈치챌 수 있었다. 아니, 내 판단이 섣부를까? 책방이라는 작고 느슨한 문학 공동체에서 자신의 잠재성을 발현한 것이라는.

고 황현산 작가는 '시적 순간' 혹은 '시적 상태'에 대해 이렇게 설명했다. "내 존재 자체의 바탕을 변화시키고 삶의 목적까지 다른 것이 되게 하는 경험을 하게 된다. 지속될 수도 있고 지속되지 않을 수도 있으나 이런 순간을 시적 순간이라고 한다."

누군가를 만나 자신이 예전과 다른 사람이 되는 것. 한 편의 시를 읽고 예전과 다른 삶을 꿈꾸는 것. 마치 드라이아이스가 하얀 연기로 변하는 것처럼 물리적 변화를 경험하는 것. 그것이 가능할까? 나는 그 변화의 가능성을 믿는다. 그것은 어제 내려서 홈통에 고여 있던 빗물이 오늘 아침 작은 종을 울리는 것처럼 미세하고 일상적인 신비일 수도 있고, 바늘로 우물을 파는 것처럼 더디며 부질없는 노력으로 비칠 수도 있다. 만물이 변하듯 사람도 변화한다. 변하지 않는 사람은 죽은 사람이거나 무섭도록 외로운 사람이다. 나는 매일매일 사람들과 부딪쳐 내 안의 선한 신이 태어나기를 바란다.

여행, 멈추기 위해 떠나는 것

"여행이 내 인생이었고, 인생이 곧 여행이었다. 우리는 모두 여행자이며, 타인의 신뢰와 환대를 절실히 필요로 한다. 여행에서뿐 아니라 '지금, 여기'의 삶도 많은 이의 도움 덕분에 굴러간다. 낯선 곳에 도착한 이들을 반기고, 그들이 와 있는 동안 편안하고 즐겁게 지내다 가도록 안내하는 것, 그것이 이 지구에 잠깐 머물다 떠나는 여행자들이 서로에게 해왔으며 앞으로도 계속될 일이다"라고 김영하 작가는 『여행의 이유』에서 말하고 있다.

요즘은 책방에 와서 여행에 관한 책을 찾는 이가 적지 않다. 여행지에서 읽을 만한 가벼운 에세이나 소설을 고르는 이들도 있다. 남들 떠나는 휴가철인데, 피서 안 가냐고 내게 묻는 손님도 있다. 나는 문학 서가에 기대어 서서 밤낮 책 속으로 여행을 떠난다고 웃으며 대답한다. 언제나 그러는 건 아니다.

며칠 전에는 슬로베니아라는 낯설고 먼 나라에 사는 강병융 작가가 책방에 왔다. 그는 류블랴나 대학에서 한국문학을 가르치는 교수이자 소설가인데, 최근에 출간한 에세이집 『도시를 걷는 문장들』을 가지고 제7회 저자와의 만남을 하러 방문한 것이다. 유럽의 수많은 도시를 여행하며 느꼈던 감정과 그 어떤 장소에서 읽었던 책에 관한 기록이 가득한 책이었다.

그는 다정하게 마주 앉은 독자들을 향해 '여행의 행복은 장소가 아닌 내가 만드는 것'임을 강조했다. 객석에서 한 사람이 질문했다. "작가님은 왜 여행을 즐기시나요? 여행의 이유를 알고 싶어요." 강병융 작가는 망설임 없이 대답했다. "저는 멈추기 위해서 떠납니다. 일상에서는 멈출 수 없죠. 사람들, 특히 한국 사람들은 그 멈춤을 두려워합니다. 하지만 멈춰야 생각할 수 있으며, 멈춰서 생각하는 시간이 있어야 나를 돌아보게 됩니다. 저는 그 시간을 소중하게 생각합니다. 의도적 멈춤, 적극적인 일상과의 거리 두기, 그것이 바로 제 여행의 이유입니다."

확인해보진 않았지만, 내겐 역마살이 있을 것이다. 지금 당장 누군가가 나에게 여기를 벗어나서 바다를 보러 가자고 하면 수영복을 가지러 집으로 뛰어갈 것이다. 하지만 그런 말을 하는 사람은 아무도 없다. 다행히 책을 펴들 때마다 내 맘은 파도친다. 소설이나 시가 보여주는 완전히 또 다른 세상을 향해 페이지를 넘기면 골방이든 책방이든 잊어버리고 매혹적인 여행지를 배회하는 기분이 들 때가 많다.

비 내리는 조지아, 요코하마, 온천, 기차역, 타오르는 갈대밭 등지로 우리를 데려간 황병승 시인이 얼마 전까지 살아 있었다. 폴과 낸시, 치타, 미란다, 프랑스 이모, 판타스틱 로맨틱 소년 소녀들을 소개해주기도 했던 그는 '두통 속에서 어느덧 지구를 한 바퀴 빙 돌아 처음으로, 텅 빈 집터로 다시 돌아왔(「어린이_행진곡」)'다고 했다. 그의 텍스트로 여행하는 일은 의외로 불편하고 끔찍한 경험일 때도 있었다. 두리번두리번하던 그가 지리적으로

멀지 않은 곳에 살고 있었다는 사실을 나는 그의 사후에
알게 되었다.

하늘의 뜨거운 꼭짓점이 불을 뿜는 정오

도마뱀은 쓴다
찢고 또 쓴다

(악수하고 싶은데 그댈 만지고 싶은데 내 손은 숲 속에 있어)

양산을 팽개치며 쓰러지는 저 늙은 여인에게도
쇠줄을 끌며 불 속으로 달아나는 개에게도

쓴다 꼬리 잘린 도마뱀은
찢고 또 쓴다

– 황병승, 「여장남자 시코쿠」 부분

'여장남자 시코쿠'라는 가면을 쓴 그는 반복적으로 "쓴다". 강박적으로 "찢고 또 쓴다". 어쩌면 그는 여행을 혐오하는 사람이었을지도 모른다. "부끄럽고 창피해서 차라리 입을 지워버리고(『주치의 h』)" 다만 시 쓰기를 통해 먼 숲으로 눈보라 속으로 잠입했을지 모른다. 그는 지하실에서 더 아래 지하실로 이동하며 "이 세상에서 가장 부끄러운 감정으로" "사라지려는 힘과 드러내려는 힘의 긴장 속에서(『밍따오 익스프레스 C코스 밴드의 변』)" 쓰고 찢고, 또 찢고, 또 쓰지 않았을까?

그의 사후에도 그의 작품을 입에 올리는 이마저 혐오하고 추궁하는 이가 많다는 걸 알고 있다. 하지만 나는 단지 시를 말할 수 있다.

"시가 무엇이냐?" 하는 기자의 질문에 "집에서 할 수 있는 최고의 놀이 중 하나죠"라고 황병승은 답했다. 자신이 창조한 살인자, 추방된 자, 광기 어린 자의 세계에서 더는 놀이할 의지가 사라졌을까? "죽음도 삶도 아닌 세계(『에로틱파괴어린빌리지의 겨울』)"의 "수챗구멍에 대고" "치마를 갈가리 찢으며" "속삭이는 두려움이여 나를 풍차의 나라로 혹은 정지(『시코쿠』)"라고 외쳤을까? 한 존재의 단한 번의 여행이 화면을 도끼로 찍듯 끝나도 되는 걸까?

정지, 정지, "울지 마 끝났어 컷! 컷!(「니노셋게르미타바샤 제르니고코티카」)".

골짜기의 백합

페이스북을 넘겨보다가 깜짝 놀랐다. '5년 전 추억 보기'에 낯익은 얼굴이 있었다. 한 숙녀가 나에게 꽃다발을 주는 장면을 누군가가 찍은 건데…… 그녀는 지금 무서우리만치 시를 유니크하게 쓰는 시인이 되었다. 나는 그녀가 작년에 등단한 것으로 알고 있다.

5년 전 오늘, 나는 프랑스에서 돌아온 지 며칠 되지 않았다. 당시 『모든 국적의 친구』라는 책 원고를 마무리하고 노르망디 지역으로 여행하며 유명한 몽생미셸에 들렀다가 생말로라는 바닷가 마을까지 여행하고 해안의 작은 펍에서 한 모녀를 만나 그들이 사는 집에서 저녁을 먹었다. 그녀의 딸은 K팝 덕후였는데, 한국말도 곧잘 했다. 한국어 교습책도 샀고 유튜브로 한국 드라마를 보며 한국어를 익혔다고 했다. 나는 단지 한국인이라는 이유 하나로, 한국의 아이돌 가수 덕분에 귀한 친구 대접을 받으며 기분 좋게 하룻밤을 머물렀다. 유럽 전원 드라마에서나 볼 법한 유칼립투스와 올리브나무, 보라색 라벤더가 만발한 집에서.

여독이 가시지 않고 시차 적응도 안 된 채로 문래동의 '재미공작소'에서 낭독회를 했다. 그날 왔던 사람 중에 마지막으로 내게 사인을 받고 꽃을 준 이가 그녀였다니! 그녀가 준 백합이 시들까 봐 조마조마하며 귀가했던 밤이 기억난다. 꽃병에 꽂아두었던 꽃이 다음 날 깨어보니 생생했다. 그 향기가 방 안에 진동했다.

사람들은 말한다. 문학은 혼자 하는 거라고. 골방에서 혼자 고독을 질료 삼아 끈질기게 써가는 거라고. 시인은 시로 말하는 것이며 이리저리 휩쓸려 떠벌리는 게 아니라고. 맞는 말이다. 그런 생각으로 나는 문청 시절에 틀어박혀 시를 썼고 그 어떤 창작 교실에도 나가지 않았다. 그래서 10여 년 혼자 먼 길을 에둘렀다. 하지만 나는 책방을 하는 입장에서 수많은 낭독회를 기획했고 진행했다. 작가가 혼자서 창작을 하더라도 독자를 직접 만날 자리를 회피할 이유는 없다. 또한, 작가를 꿈꾸는 독자들도 혼자서 글을 쓰다가 어느 날엔 좋아하는 작가의 행사에 직접 가기도 한다. 쓸데없이 비판을 일삼는 합평 모임에서 자존심이 뭉개지는 일을 겪어도 웃어넘길 때가 온다. 그 열정과 관심이 창작자에게 다시 글에 집중할 에너지를 줄 것이다.

과거의 일을 반추하며 말해본다. 그 무더운 날, 땀을 흘리며 철공소가 많던 그 동네의 작은 낭독회에 꽃을 사왔던 숙녀의 모습이 떠오른 것이다. 그땐 그저 나를 만나러 온 관객 중 한 명이었는데 지금은 나보다 훨씬 나은 작가가 됐다. 젊은 시인의 왼쪽 뺨을 사진으로나마 쓰다듬어보았다.

미리 받은 유산

나에게 조그마한 금고가 있다면 무언가 조금 달라질까. 금고를 열면 1만 2천 킬로미터 실크로드가 펼쳐질까. 파울로가 거의 모든 책에서 언급한 산티아고에 갈 수 있을까. 그 길을 걷기만 해도 병의 80퍼센트는 고쳐질까. 나는 걷는다, 원고와 메모, 사진 한 장이 든 금고를 들고. 다른 사람 눈에는 낡고 닳은 평범한 가방으로 보이는 게 흠이라면 흠. 그러나 평범하다는 건 덕목에 가깝지. 산책하기 좋은 날씨다. 훌륭한 가죽 소파보다 비둘기 똥이 있는 벤치가 좋다.

사진 속에는 부모가 있다. 나는 아버지가 주신 돈으로 두 달을 살 수 있었다. 가련한 아버지가 주신 사람을 잘 믿는 성품으로 반평생을 살 수 있었다. 웃고, 울고, 사랑하고, 고통을 나누면서 성장한 사람들을 바라본다. 자신이 누구인가를 알면 인생의 방향을 정할 수 있다고 하던데, 나무 아래에서 내가 모르던 나를 만나지 않는다면 좋겠는데. 상상력이나 소심함이나 격렬함처럼 내 얼굴에는 아버지가 담겨 있다. 그걸 인격이라 부를 수 있을까. 부모는 내게 유난한 눈물을 유산으로 주셨다. 부모의 결별이라는 끔찍하고 괴팍한 환경이 나로 하여금 시를 쓰게 만들었을까? 화기애애한 가정에서 자랐다면 나는 시인이 되지 않았을까? 시인 같은 건 되지 않아도 사랑하는 부모와 함께 살았더라면.

시인은 말한다

글쓰기에 집중해야 할 하루였지만, 심신이 쇠약해졌나 보다. 광복절 연휴에 부모님을 뵙고 온 후로 신경쇠약증 환자처럼 넋 놓고 앉았다. 부모님에 관한 원고를 쓰고 있었는데, 원고를 버리고 처음부터 다시 써야 한다는 걸 알게 되었다. 나는 지난주에 약간의 복수심마저 있는 상태로 부모가 내게 저지른 자잘한 악행을 50선 목록으로 정리하는 양 고발하듯 썼다.

나는 어릴 적 결손가정이라고들 하는 집에서 자라, 본의 아니게 무례한 관심과 차별, 손가락질을 받기도 했다. 그것이 불행의 씨앗이 되어 인간에 대한 의심과 신뢰 부족, 애정 결핍, 절망감, 자기연민을 불러왔다고 멋대로 진단했다. 이 나이 되도록 사람을 제대로 사랑하지 못했다. 일 년에 한두 번 부모님 댁에 가서 자고 온다. 용돈과 선물을 챙겨 간다. 그것이 어쩐지 스스로를 안심시킨다. 효도나 인간 구실을 하는 보통 사람 축에 드는 느낌을 준다고나 할까.

올해는 여름휴가를 이틀밖에 내지 못했다. 내가 가장 좋아하는 친구인 여고 동창 지미네에 가서 놀며 쉬고 싶었다. 그녀가 사는 괴산군 청천면에 도착하면 급습하는 안도감에 몸살을 앓기도 한다. 그런데 일정을 바꿔 부모님 댁에 간 거였다. 세 번의 암 수술을 하며 귀도 거의 먹은 아버지는 아이처럼 변해가신다. 요즘은 콩팥 기능이 나빠져서 온몸이 퉁퉁 부어 계셨다. 나는 아버지를 통해 한국의 근현대사를 통과한 문제의식 없는 남성의 문제를 직면해왔다. 어머니의 잔소리는 여전했고 이제 나는 그것이 애정을 근간으로 한다고 여긴다. 사실이 아닐지라도 같은 여성으로서 측은지심이 생긴다. 하지만 내 친어머니를 밀어내고 그 자리를 차지한 점에 대해서는 영원히 용서할 수 없을 것 같아 슬프다.

나는 두 사람에게 죽어도 복수할 수 없다는 것을 안다. 늙고 병들어가는 부모를 만나고 글을 써갈수록 이해하려고 노력하는 나를 대면하게 된다. 심지어 얼마나 가슴 깊이 갈등하며 아파하고 미워하며 사랑하는지 깨닫게 된다. 굳은 결심을 못 하는 허술한 인간이며 어쨌든 인간을 믿으려는 애송이인 게 한심하다. 두 분의 삶을 나열하자면 한국의 근현대사 정치경제문화 전반을 느낄 수 있는 소설이 될 것이다. 여느 어르신의 삶이 다 그렇겠지만.

나는 한국어를 습득한 이후 한 번도 엄마 아빠 소리를 해보지 못했다. 지난달에 읽은 오은의 책에 보면 엄마엄마 아빠아빠 그렇게 부르고 써서 신기했다. 내 또래 사람들도 우리 엄마 아빠 하며 김장김치를 얻어 왔다느니 입원했다느니 하는데, 은근히 부러웠다. 나는 그렇게 불러본 적도 써본 적도 없다. 항상 존댓말로 부르고 경어체로 대화한다. 그래서인지 거리가 있다.

나는 담배와 커피, 술을 좋아한다. 술은 맥주보다 위스키나 브랜디를 두어 잔 마시는 게 딱 좋다. 하지만 주로 와인과 맥주를 마신다. 내가 좋아하는 것들이 내 건강을 해친다는 걸 안다. 글쓰기도 그렇다. 나는 천금 보석보다 책과 글쓰기가 좋다. 음악이 있으면 금상첨화. 종일 앉아서 책만 봐도 행복하다. 그래서 엉덩이에 땀띠가 나기도 한다. 책을 실컷 읽고 난 후에 어딘가로 훌쩍 떠나면 미칠 것처럼 행복하다.

지금은 싸구려 화이트 와인을 마시고 있다. 한 병 다 마셔간다. 이럴 때 나는 99퍼센트 단숨에 글을 쓴다. 일종의 주정을 글로 하는 건데 무가치한 일 같다. 굉장히 혼자 깨진 마음일 때가 있다. 그러면 나도 어딘가에 헛소리라도 하고 싶은데 대상이 없으니 문장을 끄적거리는 것이다. 정신과에 가고 싶지만 곧바로 입원이나 감금을 시킬까 봐 한 번도 가지 못했다. 글쓰기와 책 읽기가 나의 약이라고 생각한다. 독일지도 모르겠다.

창밖의 어둠을 벗으로 여기며 슈만의 《어린이 정경》을 듣고 있다. 나는 피아노 독주를 좋아한다. 내가 놓친 어린 시절의 밝음과 따스함을 가져서 유년을 생각할 때 자주 듣는다. 《어린이 정경》의 열세 번째 곡은 〈시인은 말한다〉이다. 온화하고 자유로운 꿈을 가진 시인의 이미지가 떠오르는 곡이다. 만약 내가 계속 피아노 교습소에 다녔다면 이 곡을 연주할 수 있었을까? 어린 시절의 나는 불행했고 어떤 트로이메라이도 없었던 것 같다.

시인은 말한다. 오늘 나는 할 수 있는 말이 없다. 아름다운 언어, 감동적인 말, 자유로운 소통이 불가능했던 어린 시절의 탓으로 돌리기엔 무참하다. 아직 나는 시인이 아니다.

신이 아픈 날

　어머니, 아버지가 아파요. 혼자 움직이지 못해요. 귀가 먹어서 내 말을 전혀 알아듣지 못해요. 뭐 드시고 싶으세요? 글자를 써야 해요. 오늘은 문 닫고 나오자 비명 소리가 났어요. 다시 현관문을 열어보니 아버지가 입구까지 기어 와서 잘 가라고 했어요. 그 인사를 하려고 소리를 지른 거예요.

　아버지가 암에 걸린 건 아시죠? 배변 주머니를 차고 있는 건 모르시겠죠. 올해를 넘기기 어렵대요. 오늘 어머니 만났다고 적어드렸어요. 알기 싫다고 하셨지만 사진

보여드리니 우셨어요. 뼈만 남은 아버지가 말했죠. 다른 건 다 없어져도 눈물은 마르지 않는 게 신기하다고.

어머니, 사랑하는 내 어머니. 나를 버렸지만 나를 위해 기도하는 어머니! 저녁을 접시에 따랐어요. 봉지째 끓는 물에 넣기만 하면 되는 스프를. 나는 어머니가 지어주는 밥을 한 번도 기대하지 않아요. 살아 계셔서 감사합니다.

시신기증등록증을 받았다고 하셨죠. 사후에 제자들교회 장로에게서 연락이 갈 거라고 그의 전화번호를 알려주신 어머니, 얼마만큼 외로운 인생이었을지 내가 짐작하는 것보다 무궁무진하게.

아픈 어머니, 나는 어쩌죠? 아픈 아버지와 아픈 아버지를 간호하는 팔에 붕대 감은 아픈 새어머니와 나를 낳아준 아픈 어머니를 다 만나고 온 날입니다. 하늘이 떨어져 이마를 치는데 나는 어찌해야 할까요?

환기

김환기 선생은 〈어디서 무엇이 되어 다시 만나랴〉 이후 작품에 움직이는 곡선과 흰 선들, 빨강, 파랑 등 원색과 다양한 색조를 넣어 보다 신비로운 우주적 공간을 만들기 시작했다고 한다. 동양적이면서도 우주적인 신비로운 공간을 상상해본다.

나는 버스 종점에 있다. 깊은 밤에 김포 시내버스 집결지에 내려 올려다본 하늘에는 신비로운 별 하나 보이지 않는다. 책방 일을 마치고 미칠 것 같아서 아무 버스나 타고 어디든 가보기로 한 건데…… 이름이 맘에 드는 정류소에 내려 조금 걸으며 기분을 전환하고 싶었는데…… 버스에서 꾸벅꾸벅 졸다 잠이 들었다. 눈을 떠보니 다음 정류장이 종점이었다.

언제쯤 정확하게 하차 벨을 누르고 시의 정류장에 내려 머물 수 있을까? 시는 예민한 애인 같아서 내 마음이 갈팡질팡하는 걸 누구보다 먼저 아는 것 같다. 부디 잡아주길, 조금만 더 기다려주길.

조금도 근사하지 않게

모처럼 친구가 와서 몸보신할 겸 국밥을 먹으러 왔다. 로즈메리 얹은 두툼한 스테이크에 후추를 뿌려서 썰어 먹고 디저트로 아이스크림까지 먹고 싶었지만 참았다. 순대국밥 가격이 올랐다. 5백 원 상승한 9천 원이었다. 시집 가격과 같았다.

올여름에도 좋은 시집이 많이 나왔다. 그중에 책방에서 많이 팔린 시집 몇 권을 찾아봤다. 안희연 시인의 『여름 언덕에서 배운 것』은 "삶의 바닥을 바라보며 세상의 모든 슬픔을 헤아리는" 시집이다. 김행숙 시인의 『무슨 심부름을 가는 길이니』는 "우리 세계의 진짜 모습을, 가짜에 가짜가 거듭 반사되는 거짓말의 세계를 펼쳐놓"은 시집이다. 관절의 극심한 통증으로 방문 손잡이마저 돌리기 어려웠던 시기를 겪으며 6년 만에 이 시집을 낸 시인에게 시 쓰기란 자기의 존재를 거는 모험이자 그 자신의 존재를 찾아가는 유일한 길이었다고 한다. 각각의 시집 해설 등에 씌어 있는 문장이다.

이달 초에 책방이듬에서 낭독회를 열었다. 사회적 거리두기를 하느라 참석자를 제한했다. 그날의 텍스트였던 『보이저 1호에게』는 류성훈 시인이 8년 동안 쓴 작품들을 차곡차곡 모은 첫 시집이었다. "아득한 우주 공간을 홀로 여행하는 심정으로 쓴" 흔적이 역력했다.

거의 모든 시인은 삶의 비의를 응시하며 자기 존재를 걸고 철저히 고독하게 창작한다. 그 오랜 사투를 거쳐 어렵사리 출간한 시집의 가격은 만 원을 넘지 않는다. 하지만 사람들은 시집을 즐겨 찾지 않는다. 그 까닭은 시인에게도 있고 독자에게도 있다. 시집의 가격이 너무 비싸서 사지 않을 수도 있겠지.

며칠 전, 어떤 온라인 서점이었다. "기다렸던 그녀의 신간이 나왔다. 시가 이토록 아름다울 수 있다는 건……

이 아름다운 문장들을 택배비 무료와 이 가격으로 읽는
다는 건…… 그저 감사할 뿐이다." '소나기'라는 아이디
를 쓰는 독자가 시집을 구매한 후에 남긴 댓글이었다.
이렇게 더듬거리는 짧고 강렬한 문장을 읽으며 나는 생
각했다. '시집이 비싸서 사람들이 사지 않는 건 아니구나'
라고.

알다시피 온라인 서점이나 대형 서점에서는 도서 정가
의 10퍼센트 가격을 할인하고, 5퍼센트 마일리지를 적립
해준다. 거기다 무료 배송까지 해준다. 하지만 동네 책방
에서는 그럴 형편이 못 된다. 지역의 동네 책방이나 독립
서점은 대형 서점에 비해 책을 공급받는 정가 대비 비율
이 높고 책 반품도 불가능하다. 그럼에도 불구하고 동네
의 작은 서점인 책방이듬이 장기간 버텨갈 수 있는 건
자신이 획득할 수 있는 15퍼센트의 할인 금액을 포기하
며 번거로움을 감수하고 책방까지 와서 책을 사 가는 이
웃들과 지인들 덕분이다. 그들이 경제적으로 부유하거나
할 일이 없거나 바보라서가 아니다. 사람 사는 동네 골목
에 책 파는 독특한 문화 공간 하나쯤 있어주기를 바라는
마음이 시킨 일이리라.

그런데 다시 도서 정가제를 없애자는 주장들이 퍼지고 있다. 책을 출판사가 책정한 정가대로 팔지 않고 할인해서 팔아야 책을 사는 사람이 많아질 거란다. 작년 하반기 청와대 국민청원 홈페이지에 도서 정가제 폐지를 촉구하는 글이 올라온 이후, 20만 명 넘는 사람들이 동의하며 도서 정가제가 논란의 중심이 되었다. 사람들이 가격 부담 때문에 책을 멀리하게 됐으니 폐지해야 한다는 의견들이었다.

만약 2014년 이전처럼 도서 정가제가 폐지되면 대형 출판사나 대형 서점들은 유리한 환경에서 사업을 펼칠 것이다. 그들은 원 플러스 원 행사와 같은 각종 이벤트를 통해 재고 도서들을 팔아치울 것이다. 도서 반액 세일처럼 깜짝 놀랄 만한 할인율을 적용할 수도 있다. 그렇게 되면 사람들은 마치 테이프로 두 봉지 붙인 귀리를 사고, 네 캔에 만 원인 맥주를 집어 들듯이 책을 사들일까? 그리하여 책 생태계가 살아나서 다들 독서하는 국민이 될까? 국민들의 도서 구매비가 꾸준히 올라갈까? 도서 정가제가 폐지되어 버틸 수 없게 된 동네 책방들이 하나둘 사라진 이후의 풍경은 그토록 아름다울까?

현재 한국에서 출판되는 책들의 값은 그렇게 흥분할 정도로 비싼 게 아니다. 다른 건 잘 모르니 내 책을 비교해보겠다. 한국에서 출판한 시집 『히스테리아』는 정가가 9천 원이다. 그런데 번역본인 『Hysteria』는 미국 온라인 서점 아마존에서 18달러에 팔린다. 또 다른 시집 『명랑하라 팜 파탈』의 영역본 『Cheer Up Femme Fatale』은 16달러에 팔리고 있다. 한국보다 두 배 정도 높은 가격이다. 물론 그리 잘 팔리지야 않겠지만, 물가를 비교할 때 국내 책값이 비싸지 않다는 걸 눈치챌 수 있다.

나는 3년 동안 동네 책방을 지켜온 경험을 통해 말할 수 있다. 돈이 없어서 정말로 사고 싶은 책을 못 사는 사람은 극소수다. 나는 값비싼 옷과 자동차를 가지고 돈 자랑하는 손님에게 문학도서 한 권 사지 않는 이유를 물어본 적이 있다. 진짜 궁금했다. 땅이나 주식으로 부자가 된 사람들은 베스트셀러 실용서가 아니면 거들떠보지 않는다. 나에게 갭 투자에 관해 설명하며 종이책보다는 전자책이 낫고, 오프라인 서점보다는 온라인 서점이 경제적이라고 한다. 솔직히 책 읽기보다 손쉬운 유튜브나 넷플릭스를 선호한다고 말한다. 나는 상처받았지만, 가치관과 취향의 문제니까 입을 다물었다.

김민정 시인의 시집 중에 『아름답고 쓸모없기를』이 있다. 그 제목처럼 문학은 효용을 중시하는 이들에게 소용 없고 쓸모없는 상품인지 모른다. 하지만 책에는 돈으로 측량할 수 없는 아름다움과 생명력이 있다. 나는 사람이 만든 모든 공산품 중에서 책값이 가장 저렴하다고 생각한다. 인간이 만든 이토록 아름다운 창조물인 책이 적정 가격에 정가로 유통되면 좋겠다. 하지만 만약 내가 책방 지기가 아닌 평범한 독자 입장이라면 어떤 주장을 할까? 뭔가를 단언하려고 주장을 펼칠 때면 화를 벌컥 내고 후회할 때의 탄식처럼 끝내게 된다. 나는 확고부동한 인간이 못 되는 것이다.

청파동에서

친구가 책방 이전할 만한 자리를 봐두었다고 했다 청파동 굴다리 앞에서 만나자고 했다 우리는 굴다리 옆 간판 없는 가게로 바로 들어갔다 요즘 간판 없는 가게가 유행이라고 했다

내 친구는 영화감독이다 8년 전에 독립영화 한 편 만들었지만 영원한 영화감독이다 진짜로 그는 종일 영화만 생각한다

"이 동네가 좋을 거야, 월세가 싸거든. 이 가게 옆 가게

가 비었으니 이사 와"

"거기 전엔 뭐 하던 곳이었어?"

"성매매 집결지였어, 이 골목. 아직도 여기가 거긴 줄 알고 한밤에 남자들이 문 밀고 들어온대"

맥주를 따라주던 주인이 묻는다 베이지색 안경 너머로 나를 유심히 보며

"예전에 뭐였던 게 그렇게 중요해요? 당신은 책방 하기 전엔 뭐 했어요?"

트림이 나온다 어제 먹은 닭똥집 냄새가 올라온다 냄새가 나는 반대 방향으로 나는 고쳐 앉아 지난날들을 이야기할 것이다

겨울이 오고 있는데

어떻게 알았는지 네가 책방까지 찾아왔다. 겨울이 오고 있는데. "나란히 앉아 기내식 모양의 편의점 도시락을 먹고 나면 다른 도시에 도착하면 좋겠다." 겨울이 오고 있었고 눈앞으로 음울한 숲이, 점점 깊고 검은 숲이 계속되었다.

"다이어트 차원에서 시작한다더니 가능성 농후하다는 관장의 말을 믿는 거니? 우리가 독일어나 배우던 때가 좋았는데." 너는 진짜 복서처럼 왼손을 쭉 뻗어 허공을 친다.

무언가를 잊으려고 무엇인가를 끊임없이 두드려야 하는 삶이 있다. 겨울이 오고 있는데 영영 열리지 않는 문들과 집요하게 의아해지는 일들뿐일지라도. "세상을 다르게 산다는 게 뭘까?"

뚫어지게 바라본다는 것은 이해하려는 이의 자세는 아니겠지.

그날 네가 사온 재즈 음반을 듣기 위해 레코드플레이어가 있는 바를 찾아다니다가 무심코 체육관으로 들어갔을 때, 내가 먼저 등록하자고 했던가? 그날 벚꽃이 떨어졌던가. 주머니에 있던 티슈 한 장이 세탁기 안 모든 옷에 다 묻어서 털어낼 때처럼.

내가 제안한 걸 너는 하고 나는 안 한다. 그리고 나는 무얼 하고 있지? "스파링 파트너도 아무나 못 해." 이윽고 겨울밤이 오고 있는데 좀 더 걸어가면 깊은 숲에 언 호수 위에 내 그림자가 있을 것 같다. 나는 너에게 필요하지 않은 것들을 떠올린다.

받고 싶지 않은데 보내온 시집을 들추며

알지 못하는 이들이 책방으로 자신의 책을 부쳐온다. 새 시집이 나왔다며 서명 본을 보내는 경우가 허다하다. 책방은 여유 공간이 적어 그 책들을 보관하기가 쉽지 않다. 나는 SNS에 대놓고 책을 보내지 말아달라고 부탁했다. 잘 받았다든가 고맙다든가 하는 인사치레를 하고 싶지도 않다. 책이 출간되었다며 문인끼리 서명 본을 주고 받는 관행도 별로라고 생각한다. 무더기로 우편물을 부칠 게 아니라 진짜 주고 싶은 이에게 만나서 선물하는 거라면 몰라도.

나는 내가 읽고 싶은 책을 골라서 사서 읽는 사람이다.

그들이 무턱대고 보내는 호의를 받다 보면 원치 않는 선물을 안기며 무조건 고마워하라고 종용하는 것 같다. 사람에게는 입장과 취향이란 게 있다. 그걸 무시한 선물은 무례함의 표현이 되기에 십상이다. 거칠게 말하면 폭력적인 선물이다.

오늘은 모르는 시인의 시집을 펼쳤다. 그는 낙관을 찍고 사인까지 해서 다섯 권이나 되는 시집을 보내주었다. 책을 펼쳐 읽어보는데 불편한 기분이 들었다. 그는 텃밭 채소를 수확하며 탱탱한 꼭지를 비틀어 땄다거나, 생리혈을 노을에 비유하며 용서한다는 따위의 표현을 썼다. 수줍어하는 꽃의 속살이니, 싱싱한 횟감이니, 암캐니 하며 여성을 묘사했다. 온갖 삼라만상을 자신의 알량하고 천박한 감성으로 몰아가고 지나치게 현학적인 태도로 인생을 자연 섭리에 빗대며 가르치려 드는 시인이 아직도 있다니!

가부장제 사회에서 자란 남자들의 대다수는 사회에서 해오던 짓을 글을 쓸 때도 고스란히 쏟아놓는다. 영웅심리와 권위주의의 언어가 행간에서 뒤섞인다. 내가 환멸을 표현하는 방법은 책장을 덮는 것. 숨을 참고 시집을 치워버린다. 혐오는 공포와 증오를 내장한다. 마치 손날과 손등, 손바닥이 붙어 있는 것처럼. 손찌검보다 더한 여성 혐오를 받은 적 있지만 나는 그것을 혐오로 되갚지 않겠다. 똑같은 인간이 되는 거니까.

알고 싶지 않은 것들

나를 극찬하는 너희들

알고 보니 게이가 아니었고

알고 보니 예전부터 아는 사이였다

알고 보니 고향이 같았고 한 점 그 이유만으로 연대
운운하며 거래하는 것이었다

네 슬리퍼가 테이블 아래로 내 종아리를 차는 이유를
알고 싶지 않다

새장을 열어줘도 나가지 않는 새에 관해서도 적의 없는 관심에 관해서도 악보를 볼 줄 모르는 연주자의 천재성에 관한 얘기도 더는 듣고 싶지 않다

구체적으로 말하고 싶지 않다 아티스트들이 사는 구역을 알고 있지만 말하고 싶지 않다 밀집 상태를 과장해서 말하고 싶지 않다 아무리 길어도 서너 달이면 끝날 계절감에 대해서도

나를 사물에 비유하지 마라 세워두기만 해서 바람이 빠져버린 자전거 바퀴에다 아무도 살지 않아서 더 빨리 허물어지는 오두막에다가

너희들이 웃는 사유를 알고 싶지 않다

울지 못하는 여자들

원망과 분노, 비난이 난무하는 시절이다. 광화문 집회
에 다녀온 일가족이 확진자로 판명 났는데, 2주 동안 일
상생활을 해왔다고 한다. 방금 온 손님이 화를 내며 얘기
했다. 책방 분위기가 검은 기름처럼 칙칙해졌다. 구석 자
리에 마스크를 쓴 채 책을 보고 있던 여성이 기름을 부
었다. 오늘 아침에 제주도에서 여자 변사체가 발견된 뉴
스를 들었냐고. 나는 스마트폰으로 뉴스를 검색해보았
다. "제주 호박밭에서 여자 변사체가 발견되었는데, 상
하의 모두 옷을 입고 있는 상태로 발견되었다"라는 보도
를 읽었다.

수많은 여자 시체가 발견될 때마다 기가 막힌다. 낙산 해변에서, 제주 해안가 갯바위 옆에서, 분꽃 흐드러진 산책로에서, 인적 드문 골목길에서, 텃밭 배수로에서, 집 안에서 여자 변사체가 발견될 때마다 뉴스에서 가장 먼저 강조하는 말은 무엇이었나? '옷이 벗겨진 채로, 알몸으로, 아랫도리가 벗겨진 채로' 등이다. 오늘은 '상·하의 모두 옷을 입고 있는 상태로'이다.

주검 앞에서 그 원인을 분석하고 범인을 체포하기 전에 적나라한 신체 상황을 묘사해야 할까? 그래야만 우수한 기자로 인정받는 걸까? 대중은 그것이 흥미로울까? 죽은 이의 인권은 무시해도 되는 걸까? 죽은 여자는 울지 못하니까 막 다루어도 되나? 나는 오늘도 귀가하는 골목길에서 줄행랑쳤다. 한국 사회에서 끊이지 않는 성범죄는 모든 여성을 절규하게 만든다.

추석

하루에 한 끼는 집에서 먹으려고 슈퍼마켓에서 김치를 사고 귀리도 샀다. 한 끼 차려 먹고 귀리를 머리맡에 두었다.

자려고 누우면 부스럭거리는 소리가 들렸다. 귀신이려니 하고 무시했다.

귀리가 든 비닐봉지 안에서 나는 소리였다. 하늘소 축소판의 검은 벌레들이 우글거리고 있었다. 마치 귀리가 알을 낳은 것처럼.

귀리가 먼저였는지 벌레가 먼저였는지, 입구를 밀봉해 둔 두꺼운 비닐 속에서, 토막 난 시체가 발견되었다는 뉴스가 떴다.

실종되었던 젊은 여자라고 했다. 이 나라에서는 여자라는 이유만으로 죽임을 당할 수 있다.

나는 자주 체했다. 아버지보다 먼저 숟가락을 들면 혼났다. 뚱뚱해지면 취업이 안 된다고 했고 요리 안 하면 죄인 취급당했다. 먹고 살려고 뛰어다니다 보니 먹을 짬이 없었다. 조심해서 다니라는 말은 조심하지 않아서 당했다는 말로 귀환되었다.

밥은 밖에서도 먹을 수 있다. 집밥을 추천해도 강요할 수는 없다. 나는 요즘 유행하는 건강 집밥을 따라 하려다가 버둥거린다, 쏟아놓은 달빛 아래 슈퍼 푸드 벌레들처럼.

예술이라고 말할 때

일산 호수공원의 겨울은 쇠락이 얼마나 우아하고 아름다울 수 있는가를 보여준다. 봄에 카메라를 들고 불편한 자세를 감수하며 꽃과 호수 풍경을 찍던 사진 동호회 사람들은 "이거 예술이다"라는 말을 연발하며 감탄사만큼 셔터를 누른다. 정원 이미지 연작을 찍는 듯. 그러면서 작품이 안되는 꽃과 풀을 짓밟는다. 사실일까? 다른 사람이 찍을까 봐 뿌리를 뽑아 흐트려놓고 가는 사람도 있다는 말이.

하트 오브 골드

#1. 2015년 11월 13일

나는 생 마르탱 운하를 따라 걸으며 프랑시스 콩브를 인터뷰하고 있었다. 그는 파리 토박이, 에펠탑을 흉물스러운 쇳덩이라고 말하는 시인이다. 사람들이 운하 옆으로 늘어선 벤치에 앉아 있었다. 관광객들이 사진을 찍느라 붐볐다. 영화 〈아밀리에〉와 〈원 데이〉의 배경이 될 정도로 인기 있는 장소니까.

콩브 씨가 허리를 일으키며 말했다. "먼 데서 왔으니

선물을 줄게요. 내 황금을 받아줘요." 그가 내민 것은 황색 잎사귀였다. 나는 즉시 받았다. 테두리부터 온전한 황금이었다.

황색은 일종의 온기로 순식간에 불어오는 듯한 느낌을 받게 한다. 황색은 아주 순수한 상태에서는 언제나 밝음의 성질을 수반해 명랑하고 활발하며, 부드럽게 매혹시키는 속성을 유지한다. 프리즘 실험에서는 황색만이 밝은 공간 속으로 퍼져 나가며, 청색과 결합해 녹색이 되기 전, 즉 양극이 아직 분리되어 있는 동안 아주 아름다운 모습으로 나타난다. 이 단원은 괴테의 『색채론』에서 읽은 거다.

내가 인상적으로 들은 콩브 씨의 말은 이거다. "꿈 없는 행동은 어떤 것도 공허하며 가엾은 것이고, 행동 없는 꿈은 위험한 것이다."

바로 그날 밤, 파리에 큰 규모의 테러가 발생했다. 우리가 만났던 운하 근처 공연장에서 시작되었다. 자살 폭탄을 터트린 테러범 중에는 소년들도 있었다. 무차별적

인 총기 난사와 폭탄으로 최소 130명이 사망했다. 이슬
람교 이민자들이 꿈꾸던 일을 행동으로 보인 것일까? 모
든 꿈에는 위험이 따를까? 이 이야기는 『모든 국적의 친
구』라는 책에 없다.

#2. 2020년 11월 13일

나는 호수공원 밖의 도로를 따라 걷고 있었다. 플라타
너스에서 떨어진 나뭇잎은 흉측하게 컸다. 투덜거리며 잎
사귀를 끌어모아 마대 자루에 담는 노인을 보았다. 황금
을 주겠다고 말하면 화낼 것이다. 바람이 불 때마다 금
가루가 흩날렸다. 금박으로 그림을 그린 클림트의 부친
은 금세공업자였다. 자살 폭탄을 장착한 소년의 부친은
누구였을까?

어제는 반전주의자 닐 영의 생일이었다. 그의 노래가
내 이어폰에서 흘러나온다. "서서히 소멸해가는 것보다는
단숨에 불타 사라지는 게 낫죠." 그는 노래에 커트 코베

인의 유서를 담았다. 단숨에 불타는 것들은 아름다운가?

아름답지 않아요? 본연의 색을 찾은 후 떨어지는 저 잎사귀들. 나무가 지혜로운 거죠, 겨울을 대비해서 나뭇잎을 떨어트리니까. 나무는 얼어 죽지 않으려고 수액도 배출한다고 말한 그는 식물학자 흉내를 냈다. 작년 가을 그렇게 우리는 숲으로 걸어갔다. 그는 나를 강간하려고 했다.

하지만 인간이 도달할 수 있는 최상의 것은 경탄이라고 괴테가 말했다. 경탄할 수 있는 내가 맘에 든다. 독일어를 전공한 나로서는 그의 『색채론』을 좋아하지만 그의 감각과 동떨어진 그의 삶을 좋아하지는 않는다.

그는 11월의 비쩍 마른 나무들 사이에서 죽었다. 그의 곁에 기타 하나가 함께 있었다. "이리 와, 황금 카펫 위에 누워보자." 누운 채 지질층 아래로 스며든 사람들이 12만 명이 넘었다.

글을 쓴다는 것

무회의 화가라고 불리는 에드가 드가는 글쓰기를 좋아했다. 고흐가 생존을 위해서 글을 썼다면 드가는 취미에 가까웠다. 화가로 살았던 60년 동안 드가는 자신의 여행담이나 추진 중인 작업에 관해 글을 썼다. 귀스타브 모로나 화가이자 디자이너인 로렌츠 프뤼리히, 카미유 피사로 등에게 자신의 현재 심정과 습작에 관해 긴 편지를 쓰곤 했다. 저녁 식사에 초대하거나 돈을 청구하는 일에도 편지를 썼다. 그런 그의 편지에는 자신이 지닌 당대의 회화에 관한 고민, 정치적 의견이 통렬하게 드러난다. "예술이라는 것이 근원적으로 내포하고 있는 슬픔에 대해" 얘기하는 부분도 있고 동료인 마네의 죽음을 예견하며 안타까워하는 내용도 있으며 『돈키호테』 등 독서 소감이나 진통제의 효과와 같은 소소한 근황을 밝히기도 한다. 1884년 여름에 폴 뒤랑 뤼엘에게 보낸 편지에는 세무 당국으로부터 압류경고장을 받았다며 돈을 보내달라는 급박한 요청이 담겨 있다.

글을 쓰는 화가였기 때문에 그는 자신의 삶을 깊숙이 들여다보며 스스로를 치유해나갔던 것 같다. 그는 말년에 이르러 모노타이프에 관심을 갖고 노골적인 누드를 그려댔다. 〈기다림〉 〈휴식〉 〈사창가에서〉 등 50여 점의 작품이 이 시기의 사창가에서 나왔는데 무자비할 정도로 적나라하게 여성의 몸을 그리고 있다. 도덕주의에 얽매지 않고 자신의 풍자적인 눈으로 파리 시민들의 일상을 바라본 것이다. 그는 말한다. "내가 그린 여자들, 그들은 사람이야. 우아함이란 보통 사람들 속에 깃들어 있는 것이지."

나는 추측한다, 아니 확신한다. 그가 글을 쓰는 화가가 아니었다면 누드모델들의 모습을 잔인하고 음탕한 시선으로 엿보며 그들을 경멸했을 것이다. 보통 사람이 지닌 존엄과 우아함을 놓쳤을 것이다. 모든 동물 중에서 인간만이 글을 쓴다. 낙서든 일기든 편지든 혹은 보고서나 서약서라도. 그 행위가 금방이라도 튀어나올 자신 내부의 괴물을 통제하는 것이다. 아니 물어뜯기고 찢어진 내면을 치유하는 것이다. 글쓰기는 타자를 바꿀 수 없을지언정 자신을 천천히 조금씩이나마 나은 인간으로 나아가게 한다.

대답하려고 애써주세요

그녀에게도 아들이 있었다. 모처럼 고기를 구워도 상 끄트머리에 앉아 좀처럼 젓가락을 대지 않는, 비가 오는데 우산 없이 등굣길로 뛰어나가는, 어리숙해 보일 정도로 양보심 많은 아들이 있었다. 책과 기타를 좋아하는 아들이었다. 아들에게 숫기가 없다고 핀잔하는 사람들이 있었지만, 그녀에게 아들은 제일가는 자랑이었다. 아들은 대학교에 입학하게 되어 방을 구했다. 그리고 학과 오리엔테이션을 이틀 앞두고 학교 앞 지하 자취방에서 연탄가스에 질식사했다.

나는 새해 첫날밤을 그녀의 장례식장에서 지샜다. 나는 새해 첫날을 눈물과 통곡으로 시작했다. 새해 둘째 날 아침에는 운구차를 타고 산에 갔다. 하관을 위해 얼어붙은 땅을 파던 사람들이 불완전하게 멈출 수밖에 없다고 했다. 봄이 오면 봉분을 다시 손보겠다고 했다. 이제야 안식을 얻었다고 누군가가 말했다. 드디어 슬픔 없는 곳으로 가셨을까? 아들을 잃은 후로 수십 년간 그녀의 삶은 한시도 온전하지 않았다.

남은 자의 삶은 어떻게든 지속된다지만, 그녀는 음식의 맛도, 계절의 분위기도, 밤과 낮도 제대로 느낄 수 없었다. 나를 만날 때마다 손을 붙들고 "내가 죄인이다. 살아서 뭐하냐"라고 말했다. 세월이 지날수록 뚜렷해지는 기억이 있다. 한 존재의 부재로 한 세계가 끝나는 것. 나는 그 친구를 첫사랑이라고 말한 적 없다. 첫사랑 이전의 사랑으로 남은 사람을 뭐라 부를까? 또다시 닥쳐온 한 해를 어떻게 살아야 할까? 복 받으려고 기원할 때 누군가의 복을 빼앗는 건 아닐까? 기억과 경험을, 상상을 기록한다는 건 무슨 의미가 있을까?

"글을 쓴다는 것은, 아마도 언젠가 우리가 우리 자신

에게 던져서, 그에 대해 답할 수 있을 때까지 끊임없이 우리를 괴롭히는 질문에 대답하려고 애쓰는 것이라고 말하는 것 이외에 더 적절한 정의는 없을 것이다"라는 말처럼 어쩌면 우리는 '우리를 괴롭히는 질문에 대답하려고' 사유하거나 글을 쓰는 것이 아니라 '대답하려고 애쓰는 것'을 중단하지 않으려고 무언가를 쓰는 건지도 모른다. 시는 한 개인의 끔찍한 고통과 자책감에 답을 찾으려는 발버둥뿐만 아니라 세상을 변화시키려고 애쓰는 과정에서 탄생하기도 한다.

2016년 5월 28일, 서울 구의역 승강장에서 스크린 도어를 수리하던 19세 청년의 사망 사고를 우리는 어떻게 받아들여야 할까? 누가 내 잘못이라고 자백할 수 있었는가?

작업에 몰두하던 소년은

스크린도어 위의 시를 읽을 시간도

달려오는 열차를 피할 시간도 없었네

갈색 가방 속의 컵라면과

나무젓가락과 스텐수저.

나는 절대 이렇게 말할 수 없으리.

"아니, 고작 그게 전부야?"

읽다 만 소설책, 쓰다 만 편지,

접다 만 종이학, 싸다 만 선물은 없었네.

나는 절대 이렇게 말할 수 없으리.

"더 여유가 있었더라면 덜 위험한 일을 택했을지도."

– 심보선, 「갈색 가방이 있던 역」 부분

거슬러 2014년 4월 16일에 일어난 세월호 참사는 어떠한가? 당시의 슬픔과 분노를 지금까지도 나는 이루 표현할 수가 없다. 그러나 이러한 말문 막힘을, 말할 수 없음을 말한 시인들이 있다. 그들의 많은 작품 중에서 한 편의 일부를 읽어본다.

아니, 아니…… 돌아가야 해요

예쁘고 미운 친구들과 괴롭고 즐거운 학교와

인사하던 골목길과 상점들에게로 그렇고 그런 사람들에

게로

돌아가야 해요, 꿈꾸고 꿈꾸고 꿈꾸면 괜찮아지던 곳에,

끝없는 사람으로 돌아가야 해요

몰래 우는 엄마 몰래, 우는 아빠에게로

몰래 우는 아빠 몰래, 우는 엄마에게로

집으로,

돌아가고 싶습니다

수학여행 다녀오고 싶습니다

수학여행 다녀올게요

수학여행 다녀올게요

– 이영광, 「수학여행 다녀 올게요」 부분

그날 이후, 우리는 바다를 바다라고 부르는 데 주저했고 수학여행을 죽음의 동의어로 받아들이지 않았던가? 갑작스러운 사고로 사랑하는 친구를 잃었고 상상도 할 수 없는 상황으로 아이를 잃었다. 가라앉은 자와 구조된 자가 따로 있는 게 아니라 국민 모두가 한꺼번에 침몰한 상황을 인정할 수밖에 없었다. 우리는 살아 있는 유령이 아닐까? 그렇지 않고서야 얼마 전에 발생한 강릉 펜션 사고 후에도 별다른 조치를 취하지 않을 수 있었을까? 뾰족한 대안을 제시하지 못하는 정부와 부조리한 현실에 타협해도 될까? 시는 복수의 장르는 아닐지라도 분노하는 것. 정답을 제시할 수는 없더라도 최소한 대답하려고 애쓰는 것. 나아가 이 세계를 자명하게 드러내기 위해 끊임없이 질문을 던지는 감정이 아닐까?

아웃사이더

미국에 살고 있는 최치완 씨에게 메일이 왔다. 내가 보낸 『페이퍼이듬』 창간호에 실린 그의 작품을 부모가 읽고 눈시울을 붉혔다고 했다. 자기 아들이 쓴 시가 한국어로 번역된 건 처음 있는 일이라고 하며 지면을 손바닥으로 어루만지셨다는 거다. 그의 부모는 1970년대에 미국으로 갔고 그는 미국에서 태어났다. 그는 한국어를 모른다.

그렇게 한국문학의 경계 밖에 있던 재미 시인들, 미국으로 입양 간 후 시를 쓰며 사는 사람들, 우리 사회가 나몰라라 했거나 내팽개친 사람들의 노래. 아웃사이더의 외침을 받아 『페이퍼이듬』 창간호에 싣는다는 것은 어려운 일이지만, 책의 내용에 자부심을 느낀다. 한국문학번역원 측에서 여기 실린 시인들을 한국으로 초대해 디아스포라 문학에 관한 심포지엄을 열기로 했다는 소식을 들었다.

문학은 얼추 죽은 이, 떠밀려 나간 이들에게 주어진 변방의 노래이자 무기였을 것이다. 탈중심적인 포스트모더니즘 사회에서 '아웃사이더'란 단어가 유효하지 않을는지 모르겠지만, 나는 그렇게 생각한다.

누가 글을 쓰는가

파브르는 평전에 이렇게 쓴다. "나는 꿈에 잠길 때마다 단 몇 분이라도 우리 집 개의 뇌로 생각할 수 있기를 바랐다. 모기의 눈으로 세상을 바라볼 수 있기를 바라기도 했다. 세상의 사물이 얼마나 다르게 보일 것인가?" 사람의 굳어진 사고가 아니라 다른 존재의 시선으로 살아가는 최초의 하루는 어떨? 문득 겹눈이 생겨난다든가 겨드랑이가 가려워진다면, 작가 이상처럼 이렇게 말할 수 있을까? "날개야, 다시 돋아라. 날자, 날자, 날자. 한 번만 더 날아보자꾸나." 알다시피 파브르는 곤충학자였고 이상은 건축학도였다. 인문계를 나왔다거나 유명한 문예

창작학과를 다닌 바도 없다.

　며칠 전에 나는 이런 사연이 든 메일을 받았다. "저는 이제 막 취업하게 된 27세 사회초년생입니다. 저는 문과 출신인데, 어쩌다 보니 공대 비율 90퍼센트에 육박하는 회사에 들어왔네요. 사실 '될까?' 싶었는데, 덜컥 합격하는 바람에 매일매일 제 빈틈을 들킬까 두려워하면서 지내고 있습니다. 상사분들은 '문과적인 논리와 상상력'을 기대하며 저를 뽑았다고 하세요. 하지만 저에겐 그런 게 없는 것 같고, 동기들이 당연히 아는 기본 개념을 모를 때도 많습니다. 부여받는 업무는 제가 소화할 수 있는 단계를 늘 넘어서 있는 것 같아요. 그래서 적극적인 모습을 보이기 힘들고 늘 경직되어 있어요. 이런 저, 실수하지 않고 잘해나갈 수 있을까요?"

　나는 그 젊은 여성에게 책을 읽고 짬짬이 글을 써보시라고 했다. 하다못해 단상 메모나 짧은 일기라도 적어보기를 권했다. 연필로 간신히 쓰는 미음, 이응 하나가 어쩌면 자신과 타인을 침착하게 응시하는 가장 큰 창문이 될 수 있다는 조심스러운 조언을 하며 몇 권의 책을 추천하기도 했다.

"나는 내 우울을 쓰다듬고 손 위에 두기를 원해. 그게 찍어 맛볼 수 있고 단단히 만져지는 것이었으면 좋겠어." 이 문장은 김초엽의 첫 소설집 『우리가 빛의 속도로 갈 수 없다면』에 나오는 대화이다. 정상과 비정상, 성공과 실패, 주류와 비주류의 경계를 허물어가는 작가의 질문들이 무척 신선했기 때문에 나는 이 소설책을 그녀에게 권했다. 김초엽은 공대 출신의 20대 여성 작가인데 묘하게도 과학과 문학이 결합된 멋진 상상력이 돋보이는 작품을 쓴다. 그래서 자신이 몸담은 세계가 다소 이질적으로 느껴져 적응하기 어려운 이나 또 다른 도전을 시도하려는 이에게 도움이 될 것 같았다.

문과이기 때문에, 혈액형 때문에, 여자이기 때문에 등 뭉뚱그리는 잣대가 얼마나 많은가? 그녀가 회사 구석에서 와락 울음을 터트려야 하는 터무니없는 상황이 그려졌다. 새롭고 낯선 직장에서 실수할까 두렵고 업무에 자신이 없다면, 식물학자 호프 자런의 에세이 『랩 걸』을 읽어보라고 추천했다. 호프는 "과학자라서 똑똑하다는 말을 들었고, 단순하다는 말도 들었다"라고 한다. 객관성과 합리성으로 무장한 과학의 세계에서 솔직하게 고백적인 에세이를 쓰는 실험실의 여자. 호프는 과학 논문이 아니라 그 책을 쓰면서 스스로 치유되었다고 한다. 여성 과학자로서 엄마로서 겪은 편견과 차별에 관해서도 쉬운 문장으로 털어놓으며 타인에게 용기와 위로를 주었다.

'문과적인 논리와 상상력'을 기대하는 상사가 있는 것은 어쩌면 당연하다. 그 기대에 부응하지 못한다고 해서 조바심과 불안에 떨기보다는 자신의 가능성을 발견하면 된다. 세상 모든 이에게는 논리와 상상력이 내재해 있다. 그리고 그것을 발현시키는 방법은 읽고 쓰는 것이다. 지금부터 그것을 키워봐도 좋다. 모든 씨앗은 대담하니까.

미국의 영화감독 짐 자무시의 영화 〈패터슨〉을 보면 버스 운전기사인 패터슨은 어두운 불빛 아래 책을 읽고 틈날 때마다 시를 쓴다. 그는 반복적이며 지루한 일상 속에서도 빗방울이 만드는 파문의 둥근 차이를 발견하는 사람이다. 연일 비바람이 불어닥쳐도 그칠 날이 있다는 걸 인식하는 버스 기사이자 시인이다.

노점상에게도 일용직 노동자에게도 독서할 여유가 주어지는 사회가 되면 좋겠다. 과속하고 추월해서 우리를 사고로 몰아가는 세상이 아니기를 바란다. 버스를 운전하다가 신호에 걸렸을 때, 떠오르는 시 구절 하나를 메모하는 패터슨이 나오려면 일한 만큼 최소한의 휴식과 임금은 보장되어야 한다.

시가 아니면 아무것도 아닌 나

"당신은 시가 아니면 아무것도 아닙니까?" 안드레이 씨가 나에게 물었다. "왜 그렇습니까?" 그가 나에게 재차 물었다. 안드레이 베케시 씨는 슬로베니아의 수도에 있는 류블랴나 대학의 동양학과 교수이다. 그는 일본어를 전공한 유럽인인데 한국어도 배우기 시작했다고 한다. 내가 류블랴나 대학교에 파견 작가로 갔을 때 나에게 자신의 아파트를 빌려준 사람이기도 하다.

책방 입구 쪽 유리창에 붙여놓은 시 창작 교실 포스터를 보고 그가 눈을 휘둥그레 뜨고 내게 물었던 것인데, 그 이유는 포스터에 고딕체의 큰 글씨로 '시가 아니면 아무엇도 아닌 나'라고 적어두었기 때문이다. 시 창작 교실을 열면서 제목이 필요했는데, 번뜩 즉각적으로 떠오른 문구가 저거였다. 나도 그 문구가 어떻게 입술에서 흘러나왔는지 모른다. 시가 어디서 오는지 모르는 것처럼. 무의식이란 빙하 속에서 올라가기도 하고 내려가기도 하면서, 녹기도 하고 얼기도 하면서 잠재되어 있었나 보다.

"내가 시를 쓰지 않았다면 당신은 나를 만나러 그 먼 곳에서 왔겠어요? 내 피부는 시로 구성되어 있답니다."

나는 팔을 흔들며 웃었다.

모두에게 전해주세요!

저기 산책자들에게도,

정원의 시든 꽃들과 혼자 날아가는 새에게도.

여기서 좋은 친구들을 많이 만났다고,

호숫가 책방에서 멋진 인생을 보냈다고요.

2020년 겨울,

'책방이듬' 시즌1을 마치며

김이듬

경남 진주에서 태어나 2001년 계간 『포에지』로 등단했다. 시집 『별 모양의 얼룩』 『명랑하라 팜 파탈』 『말할 수 없는 애인』 『베를린, 달렘의 노래』 『히스테리아』 『표류하는 흑발』 『마르지 않은 티셔츠를 입고』와 장편소설 『블러드 시스터즈』, 산문집 『모든 국적의 친구』 『디어 슬로베니아』가 있으며 연구 서적으로 『한국 현대 페미니즘시 연구』가 있다. 두 권의 영역시집 『Cheer Up Femme Fatale』 『Hysteria』와 한 권의 영역 장편소설 『Blood Sisters』가 있다. 시와세계작품상, 김달진창원문학상, 올해의좋은시상, 22세기문학상, 김춘수시문학상, 전미번역상, 루시엔 스트릭 번역상 등을 수상했다.

현재 한양여자대학교 문예창작학과 교수로, 1인 독립 책방 '책방이듬'을 운영하고 있다.

안녕, 나의 작은 테이블이여

초판 1쇄 발행 2020년 12월 30일
초판 2쇄 발행 2022년 12월 30일

지은이 김이듬
펴낸이 정중모
펴낸곳 도서출판 열림원

출판등록 1980년 5월 19일(제406-2000-000204호)
주소 경기도 파주시 회동길 152
전화 031-955-0700
팩스 031-955-0661
홈페이지 www.yolimwon.com
이메일 editor@yolimwon.com

트위터 @yolimwon
페이스북 /yolimwon
인스타그램 @yolimwon

주간 김현정
편집 조혜영 황우정 최연서 이서영 김민지
디자인 강희철

마케팅 홍보 김선규 최가인
온라인사업 서명희
제작 관리 윤준수 이원희 고은정 원보람

ⓒ 김이듬, 2020

ISBN 979-11-7040-036-3 03810

• 저자와 출판사의 서면 허락 없이 내용의 일부를 무단 도용하거나 발췌하는 것을 금합니다.
• 책값은 뒤표지에 있습니다. 잘못된 책은 구입하신 곳에서 교환해드립니다.

• 이 책은 고양시의 지원을 받아 2020년 지역예술인 창작지원 사업의 일환으로 발간되었습니다.

만든 이들_ 편집 김종숙